当我们谈论东野圭吾时，我们在谈论什么

彭麦峰◎著

文化发展出版社
Cultural Development Press

大咖推荐 ▶▷▶

中国低音炮、音乐人

（签名）——

生活是没有答案的
人们之所以觉得孤单
是因为总想弄清楚个子丑寅卯。
索性把别人的探究当成答案吧
我们尊重每一个答案
不管他是关于爱还是恨。
所有的答案都是有原因的
不容我们质疑。
就像，我们谈论着你的东野圭吾
他的东野圭吾和自己的东野圭吾。

布衣乐队主唱

（签名）——

心中会有
不知该咋面对的事吗?
来看看东野
是咋想的……

序　言

阅读本书前，我们先来认识一下东野圭吾。东野圭吾是日本最具代表性的推理小说家。1985 年，他凭借校园青春推理小说《放学后》获得第 31 届江户川乱步奖，从此正式出道。1999 年，《秘密》获得第 52 届日本推理作家协会奖。2006 年，《嫌疑人 X 的献身》获得 134 届直木奖。东野圭吾由此成为日本推理小说史上罕见的“三冠王”。2017 年 4 月，第 11 届中国作家富豪榜子榜单“外国作家富豪榜”发布，东野圭吾登顶外国作家富豪榜。2018 年 4 月，东野圭吾再次登顶外国作家富豪榜。

有“劳模作家”美誉的东野圭吾在 30 余年的写作生涯中创作了大量的优秀作品，如《秘密》《白夜行》《神探伽利略》《嫌疑人 X 的献身》等。从其各部作品中，读者不仅能读出创作手法上的变化，更能体会到作品独特的文学魅力以及作者创作的根本意义。

我一直认为，对于好看的推理小说，一定得有奇特新颖的谜题、严密曲折的推理、草蛇灰线的叙事。而东野圭吾的作品，说到逻辑之严密、想象之大胆，《嫌疑人 X 的献身》当是代表。因为一具被意外发现的男尸，天才数学家与大学物理学家久别重逢，斗智斗勇，设下谎言、盲点、心理交锋等难题……无不令人瞠目。然而，东野圭吾似乎并不满足于图穷匕见似的解谜。有时他故意把谜底透露，却又出人意料地把故事荡开去。比如《红手指》，看上去就是一个浅薄而愚蠢的犯罪：一个学生把小女孩给掐死了，然后，他的父母处心积虑地要包庇这个孩子。这个一开始就知道凶手是谁的故事，最后的悬念却落在你的逻辑之外。不过，这一切都不是东野圭吾的独特之处。在我看来，东野圭吾的妙处更在于能够突破推理，洞彻人性，掩卷之后，仍让你沉思，正所谓弦外之音。是的，他以最简单质朴的语言不断地诉说人性的隐恶与自赎，这是其作品最迷人且匠心独具的部分。

对于如此出类拔萃的小说家，我们自然不会“放过他”。所以本书以东野圭吾的作品为基础，试图从他的小说世界中找到一些跟现实社会有关联的东西，并以此讨论出个所以然来。

在本书中，你在看到东野圭吾的同时，还会看到你自己。你会看到你的缺点、你的优点。当然，这还不是本书的全部。最重要的是，当你通过本书认识自己之后，本书还会给出“解决方案”。是的，人生是有解决方案的，不同的人有不同的人生解决方案。

所以本书看似在聊东野圭吾，实则是在剖析每一位读者。

目录

Chapter 01 冲破那些不可一世的宿命

Chapter 02 当无人慰藉时 你要学会自我安慰

Chapter 03
“爱”是一种能量

Chapter 04
与蠢蠢欲动的魔鬼斗争到最后一刻

Chapter 05 在鞭策中前行

Chapter 06 只有沉淀才能升华

Chapter 07
奇妙的逻辑，准确得没有任何理由

Chapter 08
你以为深藏不露，但这些都是公开的秘密

Chapter 01

冲破那些不可一世的宿命

很多人在抱怨生活的时候，总是说：『这就是命啊，认命吧！』其实，你的思维、意识、行为都会潜移默化地影响你未来的人生。然而，由于时间长远，你不记得是哪个地方出了问题，所以把不好的结果都归结为『上天对命运的安排』。事实上，你所认为的『宿命』是你自己一手造成的。

01 | 陌生，是你下意识排斥的结果

▶ 有的人和自己分明毫无瓜葛，却怎么也不能无视其存在。我总是
▷ 下意识地排斥他，就像磁铁同极相斥那样。

——《宿命》

在东野圭吾的作品里，人们读到的不仅仅是探案故事，还读到了人性。在《宿命》中，作者讲述了这样一个故事：

20 年前，一桩离奇命案牵出了两个从孩提时代起就彼此仇视、纠缠不清的宿敌——勇作与晃彦。时过境迁，又一桩凶案令二人戏剧性地重逢。做了医生的晃彦有着重大的犯罪嫌疑；勇作成了警察，却历尽坎坷，郁结难消；令勇作魂牵梦萦的初恋女友美佐子，竟已成为晃彦的妻子……

而警察勇作和医生晃彦再次重逢时，便产生了戏剧化的内心活动，正如本节摘录的那样：有的人和自己分明毫无瓜葛，却怎么也不能无视其存在。我总是下意识地排斥他，就像磁铁同极相斥那样。

其实，小说《宿命》中人物内心的描写很大众化（本节摘录文字所描写的这一内心活动），只是人们通常选择把这些内心活动深深

地隐藏起来，久而久之，就忽视了这种怪异的内心活动。有些人认为，这是跟你毫无瓜葛的，或者说实际上真的毫无瓜葛，只是你太在意对方了。即便两人有意识地相互排斥，故意不碰到一起，甚至彼此不认识，但是只要你在意对方，你就无法做到无视对方。就这样，对方会在你的内心里左右你的行为。久而久之，你的命运就会或多或少地发生偏移。

举个例子，有个学生叫王浩。上学时，他在学校的荣誉榜上看到别的班级有位同学学习成绩比他好。于是，他记住了这位同学的名字。最初，他并不知道对方长什么样。一个偶然的机会，他知道了对方的长相。虽然两人并无来往，但是对方的形象却深深地印在了王浩的脑海里。为了隐藏自己的嫉妒心，他有意识地排斥对方。甚至有好几次可以认识对方的机会，他都故意地避开了对方。从此，王浩的行为开始跟随着他的内心走。命运从他看到荣誉榜的那一刻便开始了悄无声息的改变。

为了赶超对方，王浩默默地下功夫。但是第二年，在荣誉榜上，王浩看到对方的学习成绩依然比他好。于是，王浩开始产生了歪主意。他查到了对方的座位号，然后半夜潜入教室把对方的笔记本、课本全都偷走，并扔到河里。他想通过这样的方式来让对方的学习进度慢下来。但是很不巧，当他把对方的书扔到河里的那一刻，刚好被学校的保安碰见了，逮了个正着。接下来的情节就可想而知了，王浩受到了处罚。之后，他的内心开始变得扭曲，对学校、同学都怀有深深的戒备心理。他的学习成绩也从此一落千丈。

王浩对于自己的遭遇十分懊恼。他认为，这都是宿命，这是命运的安排。所以他对这件事始终怀恨在心。接下来，他的人生更是充满了阴暗面。即便走进了社会，他还是经常抱怨自己的命运不好。而学校的那块荣誉榜就是命运的使者，是这块荣誉榜改变了他的命运。

其实，事实并不如王浩所想的那样。世界上根本没有什么上天能安排某个人的命运，所有的一切都是自己的行为造成的。

如果王浩在看到荣誉榜的那一刻，能够摆正自己的心态，并虚心地向对方请教问题，向对方学习，那么结局就完全不一样了。在向对方学习与请教的过程中，王浩的学习成绩将会得到提高，虽然不一定比对方好，但至少也能让他自己有所提升。

所以有些人看似是陌生人，但是生活时时处处都会有联系。一个路过的人，一个在电视上看到的歌手，跟你没有任何瓜葛，但很有可能会影响你一生。如果你没有端正态度，而是用排斥的心理看待陌生人，或许就在某一时间，你的命运会因此而受到潜移默化的影响。

在这个世界上，人和人之间要打破陌生感，其实很容易。一个善意的问候，就能彼此拉近距离。只有相互学习，共同提高，才能让你的未来更加光明。反之，如果你觉得对方跟你毫无瓜葛，就有意识地去排斥对方，或许当下你认为这样做对你没有任何影响，但实际上你已经失去了一次可以获得提高的机会。

而人生就是这样。很多时候，与其说是命运阻挡了你前进的脚步，还不如说是你没有抓住人生的每一次机会。因为一件小得不能再小的事情，都有可能深刻地影响和改变你的未来。是的，所谓宿命就是从生活的点点滴滴而来的。

02 | 走出被诅咒过的“抛弃感”

> ▶ 总在同一个地方和同一群人做同样的事久了，有时会产生一种被
> ▷ 世界抛弃了的感觉。
>
> ——《秘密》

本节摘选的句子出自《秘密》。我们来看这句话：总在同一个地方和同一群人做同样的事久了，有时会产生一种被世界抛弃了的感觉。初读的时候发现这句话充满了厌世感，仿佛又流露出了一种无奈。我们要想理解这句话，还得先了解一下《秘密》讲述的故事。

《秘密》讲述了两个人的三口之家的故事。这样说，可能会让你感到有点蒙圈儿，两个人的三口之家？我们来介绍一下这个故事的梗概：

一次车祸让真实的三口之家变成了两个人的三口之家。妻子的灵魂进入女儿的身体，借尸还魂的故事在东野圭吾的笔下由此演绎出来。

爱一个人，就要让他幸福。车祸司机为了让不是自己亲儿子的孩子保持幸福，超负荷工作；平介为了让自己的“女儿”感到幸福，

任性放手；“女儿”为了让“爸爸”感到幸福，开始扮演“女儿”的角色。如果让世人知道“女儿”和“爸爸”的真实身份，世人估计会疯掉吧！有些看上去很玄幻的事情也有可能是真的。

后来，平介告诉妻子，她可以按照自己的意愿生活。妻子尽管很惊讶，但是她决定按照丈夫的意愿生活。于是，她开始模仿女儿的生活习惯，妻子的身份慢慢褪去，女儿的身份逐渐占据了生活的主流。故事的结尾，在女儿的婚礼上，平介发现妻子一直在伪装女儿的身份，但是为了生活，二者选择一起保守这个秘密。

对于读者而言，这部《秘密》的意义并不仅仅是简单的推理小说那么简单，而且它更是将一个人的肉体与灵魂的关系剖析得十分贴切。在妻子得知自己的灵魂进入女儿的身体后，她一时间也陷入了迷茫。

重新回到了青春期，她应该如何对待自己的人生呢？是多看一看外面的世界，还是在自己的小圈子里悠然自乐？后来，为了让女儿能够有更好的生活环境，妻子的灵魂操控着女儿的身体积极地参加各种活动，并且尝试着让女儿青春期的生活变得更加充实。

在小说《秘密》中有那么一句话：“总在同一个地方和同一群人做同样的事久了，有时会产生一种被世界抛弃了的感觉。”也许在我们的生活中也有一个属于自己的快乐乐园。那里有我们最好的伙伴，也有我们最美好的时光，我们总是沉迷于其中而享受着生命的美好。然而，当我们走出这个快乐乐园时，便发现原来世界并不是像看起来那么简单。每时每刻，我们身外的世界都在飞速地变化，而且一旦我们陷入低谷以后，内心便很容易出现一种被世界抛弃了的感觉。

婷婷是一名专栏作家。她的工作使她不得不每天宅在家里，沉浸在自己的领域中，并且不断地学习。平日跟她交流的也只有那几个编辑。每天她都活在自己的小圈子里，虽然偶尔会感觉无聊，然而也算是悠然自得。

有一次，婷婷收到了老同学的聚会邀请。于是她抽空出席。在聚会期间，大家谈天说地，从工作聊到了情感，甚至还有同学开始晒娃，交流育儿心得。而婷婷呢？她只能一个人坐在角落里，默默地翻着手机里的资料，在喧嚣中准备接下来的工作。同学们看她沉默寡言而又专注于手机的模样，也不愿主动跟她聊天。

婷婷回去以后开始渐渐地减少参加这种聚会。她觉得自己在这种聚会中总是扮演被抛弃的角色，因而她宁可继续活在自己的小圈子里。偶尔婷婷也会感到担忧。她发现，身边人的生活已经与她变得渐行渐远，而她身边的小圈子已经成为她生活的一切。

过了一段时间，婷婷终于想明白了：与其在这个小圈子里焦虑，还不如给自己一个机会，去看一看这个美好的世界。因此，婷婷开始强迫自己去参加各种聚会。在一次次的聚会中，她变得更加开朗善谈，并且结识了一些新的朋友。她被世界抛弃的感觉自然也就因此消失无踪。

很多时候，当我们在生活的舒适区里故步自封时，就会不经意地察觉到生活中的一丝抛弃感。随着我们的圈子越来越小，这种抛弃感便会被不断地放大。因而，我们在感到这种抛弃感时，不妨尝试着努力走出自己的舒适圈，去看看更广阔的世界，从而找到更适合自己的生活方式。

也许世界对我们的抛弃并不是源自它的无情，而只是它善意的提醒。

03 重要的不是理解，而是尊重

必须记住的是，越是老年人，或者说正因为是老年人，内心常常会有不可平复的伤痕。治疗的方法很多，周围的人不能理解。所以我觉得，重要的不是理解，而是尊重。

——《红手指》

如果说，一部推理小说最重要的部分是谜题揭开的那一刻，那么东野圭吾所写的《红手指》相信定是一部颠覆推理小说概念的作品：这部作品在一开始便公开了凶杀案的凶手，反而利用推理的手法去展示人性与亲情的一面。

故事发生在一个普通的家庭里。中年男士前原昭夫下班以后发现后院有一具女童的尸体，而这个凶手正是自己十多岁的孩子直巳。为了“保护”自己的孩子，前原昭夫放弃了让孩子去自首的念头。那么，这宗凶杀案总要给警方一个交代。这时候，前原昭夫把目光落在了身患老年痴呆症的母亲身上。

母亲前原政惠由于跟儿媳的关系不融洽，并且最爱的丈夫又因为老年痴呆而去世，因而她选择了假装老年痴呆来避免家庭的冲突。

当她发现儿子要让自己成为孙子的替罪羔羊时，她有意无意地向警察提示案件的线索。而加贺警官在看穿了事情的真相后，也开始配合前原政惠对前原昭夫开展了一场感人肺腑的人性救赎。

在故事中，前原政惠由于装作老人痴呆，因而她的所作所为很多时候都不被家人理解。儿子前原昭夫甚至将她看作一个负累，他常常提及的孝道不过是一些冠冕堂皇的说辞。

在生活中，我们也或多或少地遇到过这样的情况：当看到老人的生活习惯与我们有所不同时，我们很多时候都会强迫他们按照我们的习惯去生活。事实上，也许时代的发展会让老人的一些生活习惯渐渐地被舍弃，然而这些老旧的观念与生活习惯背后也许是一个老人挥之不去的伤痕。

恰如故事里的前原政惠装作老人痴呆症一样，没有人知道她这个举动代表着什么。但实际上老人心里却很明白：她希望通过这个举动去了解她最爱的丈夫，而她的行为却总是得不到他人的谅解而使她感到无助。

所以，在小说里有这么一句话："必须记住的是，越是老年人，或者说正因为是老年人，内心常常会有不可平复的伤痕。治疗的方法很多，周围的人不能理解。所以我觉得，重要的不是理解，而是尊重。"

我们都知道，理解是人与人交流中最基本的原则，然而很多时候人与人之间的隔阂并不是理解可以消除的。甚至每一个人都有着不一样的经历。他们有的行为并不能单纯地通过理解去体谅，因为我们并没有经历过他们的经历。

在生活中，我们也遇到过这样的情况。静静的母亲在吃饭之前总是将汤和饭倒一些在地上。这种行为让静静感到十分厌恶。然而，不管静静怎么说，母亲也总是下意识地将东西先倒一些在地上，然后再开始进食。

每一次静静在洗地毯的时候都在抱怨，认为母亲就是故意给自己找麻烦。然而，一次偶然的机会，静静听父亲讲述了关于母亲的故事。在母亲很小的时候，姥爷就在战争中牺牲了。姥姥为了让母亲不那么伤心，于是编了这么一个谎言："你每次吃饭的时候，都把食物倒一点儿在地上，那么父亲泉下有知也能够感受到你的孝心。"

在得知母亲这个奇怪举动的原因后，静静非但没有理解母亲，反而开始抱怨她的封建迷信。并且静静不断地给母亲灌输各种科学知识。这让母亲感到很是厌烦，最后选择了回到老家生活。

在这个故事里，我们可以看到，人与人交流最重要的也许并不是理解，而是对身边每一个人的尊重。毕竟不管怎么努力尝试去理解别人，我们都是用自己的眼光去看待他人的行为。

毕竟每个人都有着自己独特的经历，我们没有办法与任何人做到感同身受。一旦别人的行为超出了我们自己的经验和认知范围，那么理解自然也就无从说起。

我们每个人都有自己独特的选择，很多时候这取决于我们成长的环境与性格。这并不是旁人所能理解的。所以，在人与人的交流中，理解也许只是一方面的忍让。与其这样，我们不如给他人多一点儿尊重：或许我并不认同你的做法，然而，我却尊重你的选择。

我想，这就是人与人之间最简单的交流方式。

04 | 记住，孤独会伴你寻找自我

> 我闭上眼睛思考自己死掉的话能改变什么。如果我的出生是一场错误，那么是否只要我死了一切就能回归原状？是否能像按下电视游乐器的重置键一样让所有的问题瞬间消失？但是这个世上又有哪个人敢斩钉截铁地说自己的出生不是一场错误？又有哪个人敢斩钉截铁地说自己不是某个人的分身？或许，其实每个人都在寻找自己的分身，而正因为找不到，所以每个人都是孤独的。
>
> ——《分身》

如果孤独是在所难免的话，那么我们应该怎么去抵抗孤独呢？

不知道大家有没有想过，在世界的另一个角落有一个与你一模一样的人，他明白你的想法，也懂得你的心思，你们无须语言就能够懂得彼此的一切……也许你也想过，如果世界上有这么一个人，那么生活也许并不至于如此孤独。

然而，事实真的是这样吗？在东野圭吾的小说《分身》里讲述了这么一个故事：两个看似互不关联的女孩，由于彼此见到了对方而揭开了一段不可告人的秘密——鞠子跟双叶是生活在完全不同环

境中的两个女孩。由于双叶参加一次乐队比赛而出现在了电视上，因而鞠子无意间发现了一个秘密——两个女孩居然长得一模一样。

鞠子从小就发现，自己与父母长得完全不一样。为了了解自己的身份，她找到了双叶，并且与这个跟自己长得一模一样的女孩一起开始探索自己的身世。最终，她们如愿以偿，知道了自己的身世：两人都是一次克隆实验中的试验品。

得知自己的身份后，两名女孩都陷入了迷茫，也开始怀疑自己人生的意义。因而，也就有了这句话：

我闭上眼睛思考自己死掉的话能改变什么。如果我的出生是一场错误，那么是否只要我死了一切就能回归原状？是否能像按下电视游乐器的重置键一样让所有的问题瞬间消失？但是这个世上又有哪个人敢斩钉截铁地说自己的出生不是一场错误？又有哪个人敢斩钉截铁地说自己不是某个人的分身？ 或许，其实每个人都在寻找自己的分身，而正因为找不到，所以每个人都是孤独的。

事实上，双叶跟鞠子这对一模一样的“姐妹”并没有因为对方的存在而解开寂寥。她们反而在追求真相的过程中，陷入了对人生的怀疑与困惑……正如东野圭吾说的那样：每个人都在寻找自己的分身，然而这有什么用呢？哪怕找到了，孤独还是会伴随在你我身边的。

早在20世纪80年代，科学家们发现了一头奇特的鲸鱼，它名叫Alice。1992年，科学家在它身上安装了追踪录音设备。其原因在于一般鲸鱼发声的频率在15~25赫兹，而Alice发声的频率却有52

赫兹——也就是说，这头鲸鱼虽然一直在发声，然而它的同伴却没有办法听到它的声音。它唱歌的时候没人听见，难过的时候也没人理睬。科学家们将这条鲸鱼称为“世界上最孤独的鲸鱼”。

其实，在我们的生活中也一样，虽然我们能够通过语言去交流彼此的想法，然而在真正的自我面前，语言通常都会显得苍白无力。相信我们都有过这样的时候，明明通信录里有数不清的好友，然而当负面情绪泛滥时，我们始终没有办法找到一个知心好友，甚至宁愿躲在房间里独自消化那些不好的情绪。

曾经见过一对情侣闹分手的时候，女生不止一次地说对方不懂自己。事实上，在生活中向别人索要理解是一件很愚蠢的事情。不管是情侣，抑或是至交，甚至是亲朋好友，他们都没有办法每时每刻地伴随在你的身边，也没有办法感同身受地去理解你的想法。

没有一个人能够完全地理解对方的想法，所以我们面对孤独的时候，只能够将那些连语言都无法诠释的情愫与心事在一次次的孤独中内化，然后在一次次的孤独中慢慢地学会享受：在没有急躁、没有匆忙的世界里，对生活与自身做出思考，想象自己努力的意义，想象未来奋斗的愿景……

谁都会有孤独的时候，但这并不是我们抱怨与逃避的理由。记住，不要妄想逃离孤独，因为孤独会伴随在我们身边。面对孤独，最好的方法是以平常心去包容它，然后从孤独中寻找自我的灵魂与生命的意义。

05 | 有时候进是退，退却是进

▶ 虽然从这里去东京上班很不方便，但一个地段不可能各个方面都
▷ 很理想，或许某种程度上的妥协也是必要的。

——《解忧杂货店》

作为东野圭吾的成名作，《解忧杂货店》将人生中许多我们无法逃避的困惑与迷茫一一揉碎了，然后通过一家小小的杂货店呈现在大家的面前。

细心的读者也许会发现，在《解忧杂货店》中，所有故事的起因都不外乎这么一个词语——妥协。热爱音乐的小镇音乐人面对父母的衰老与未完成的梦想，他不知是否应该妥协；日本有名的运动员一方面需要照顾身患绝症的男朋友，另一方面又背负着男朋友的期盼准备下一届奥运会，她又应该如何选择呢？

迷茫是每个人在生命历程中都会面对的。那么生活中形形色色的人们又应该如何面对自己的迷茫呢？其实，聪明的东野圭吾早已经给出了明确的答案，并且由杂货店老板浪矢雄治的儿子浪矢贵之在无意间道出。

怀揣着城市梦的浪矢贵之成年后搬离了童年时的偏僻小镇。他依靠多年的努力打拼在东京都建立了自己的家庭。对于如今的生活状态，他既满意又不甘心。正如我们摘录的那段文字所说的一样：一方面抱怨着公寓离上班的地方太远，而另一方面又享受着家庭的温暖。

在疲惫的生活中，也许他曾经想过逃离。然而，当想到自己所肩负的责任后，他向生活妥协了。如果能够让家庭始终保持幸福，那么疲倦的生活又算什么呢？如果在生活中退一步，能够让自己在乎的一切都变得更胜一筹，那么这难道不是生活给予自己的最好礼物吗?

毕竟，这个世界上从来都不会出现两全其美的故事。如果我们对生活一步不让的话，那么我们就只能被囚禁在“取舍两难”的困境中，惶惶不可终日。

是的，在《解忧杂货店》这本书里，“取舍两难”贯穿了每一个故事，有的人在现实与梦想中挣扎，也有的人在自由与约束间徘徊。在面临选择的时候，虽然我们都期盼着两全其美能够降临到自己的身上。事实上，我们都知道，那只不过是生活里的一个童话。也正是如此，浪矢贵之才会说出“或许某种程度上的妥协也是必要的”这样的话来。

在生活中，多少人也是如此。一个人离开了熟悉的家乡，每天走在陌生的大街上，看着窗内灯火璀璨，却不知道哪一盏灯是为自己而亮。也许每个人都知道，背井离乡的人注定会失去那一段温暖的时光，用熟悉的温床换来自己一次次的成长。

这是一种妥协，也是在生活的无奈下做出的选择。每一次妥协的背后，都会有一种无奈的不甘。然而，我们也需要相信，每一份妥协在最后也许都会为你带来不一样的果实。

猫猫从小就梦想着成为一名画家。毕业后的她并不像其他同学一样努力地找工作，而是每天带着画板四处旅游，采风写生。偶尔运气好的时候，一些杂志会录用她的作品，并且给她支付微薄的报酬。但更多的时候，猫猫都过着并不富裕的生活。

如果不是父亲患病，也许猫猫的生活会如此继续下去。然而，在面对父亲治病的高昂费用时，猫猫选择了放下画板，踏踏实实地在一家设计公司找了一份工作。

忙碌让猫猫的生活变得充实起来，每天不定时的加班让她变得身心疲惫。虽然她的心里始终惦记着画画的梦想，可每次当她想要拿起画板的时候，疲倦总是战胜了她的意志。

偶尔猫猫也会想：如果自己一直如此忙碌下去的话，那么画家的梦想是否就会渐渐变得遥遥无期了呢？难道残酷的生活真的没有办法容纳一个小小的梦想吗？

没过多久，公司迎来了一个画展的项目。由于猫猫工作出色，被提拔为画展项目负责人。老板偶然看到了猫猫的作品，并且承诺允许她的作品在画展上展出，让更多的人能够看到。

一年后，由于不断的努力，猫猫成为一名网红画家，而父亲也在她的悉心照料下逐渐康复。回想过去一年，猫猫仿佛做了一场梦：

本想着放下的梦想，却因为自己的退让而真的得到实现。相反，如果她当时一直坚持下去的话，也许现在她还是一个入不敷出的小画家。

我们的生活就像一条死胡同。当我们站在胡同口，面朝胡同内时，眼前只有那么一条被堵塞了的道路。哪怕我们撞破了南墙，最终也只是感动自己罢了。然而，当我们后退一步，扭过头时，便会发现，原来生活并不是一条死胡同，在我们眼前还有无数的道路可以通往目标。

谁都是第一次来到这个世界，没有人知道生活应该是怎样的。也许我们认为的进步，不过是一份坐井观天的固执。而有时候适当的妥协，没准儿能够让我们找到更好的方法去追求自己想要的生活。

的确，生活需要激情，但有时候也需要我们后退一步，扩大自己的眼界，去看看外面的世界。所以，从另一个意义上讲，妥协只不过是我们为换来另外一种可能而必须付出的代价。不用担心，只要心中还有那么一丝光明，黑暗自然就无法将你侵蚀。

06 | 放任周遭的影响，是你放纵自己的起点

▶ 班上那群坏蛋有时也会要求我们这些普通学生加入他们的行列，
▷ 如果拒绝他们，下次就轮到自己遭殃了，所以没办法，只好加入。那种感觉真是不好，虽然不愿意，但还是欺负了弱者。

——《恶意》

这是取自东野圭吾小说《恶意》中的一个片段：加贺警官在调查一宗杀人案时，发现犯罪嫌疑人野野口修虽然对自己的罪行供认不讳，可实际上每当加贺警官问及其杀人动机时，野野口修却始终闭口不言。

为了解野野口修的杀人动机，加贺警官将希望寄托在他与受害者共同的初中同学与老师身上。在抽丝剥茧的调查过程中，加贺警官发现了一个突破口：在犯罪嫌疑人野野口修与受害者日高的童年生活中，原来尘封着一件鲜为人知的校园暴力事件。

在当时，野野口修与日高所在的班级里有一名“班霸”藤尾。在藤尾的欺凌下，野野口修与日高由于各自性格的差异而展现出了不一样的表现：日高由于从小有一种高于常人的自尊心，因而他宁

可忍受班霸的欺凌，也不愿与他们一同为非作歹；而野野口修则不同，一开始他总是被班里的坏学生欺负，后来备受欺凌的他决定加入坏学生的行列，成为欺凌同学的一分子。

也正是这一段童年时光，让野野口修在欺凌同学的过程中一次又一次地突破了自己的心理原则底线，从而使得他卷入了一次对女子施暴的暴行中。这次暴行最终间接导致了日后的凶杀案，成为他一生的污点。

事实上，环境对于一个人价值观的建立存在多大的影响，恐怕在此我们无须赘述。正如本节开头那段文字所写的一样：普通的学生为了避免遭到欺凌，因而哪怕心有不甘也只能加入欺凌他人的队伍。许多人就是在一次次的自我放纵中突破自己的原则底线，从而违背了初心，失去了自我。没有人天生是一个放任自我的人，只有环境才会让一个人的行为变得放纵。

在生活中，这样的现象并不在少数：在婆媳关系中一直处于下风的媳妇，在一次次委屈中选择了妥协，并且默认了这种“婆婆欺负媳妇”的做法，于是“多年的媳妇熬成婆”，活成了婆婆的模样；父母总是在孩子面前吵架，从而使得孩子的内心产生了对“吵架”的默认，于是孩子长大后也成为一个暴躁的人……

要知道，任由周边环境对自己产生负面影响而无动于衷，那是我们放纵自己的起点。举个例子：在大学的时候，李峰是学校里的风云人物。品学兼优的他在毕业不久便收到了本土知名企业抛来的橄榄枝，并且顺利地成为其中的一员。

然而，入职后的李峰发现，部门同事都不如自己想象中的那般勤奋。他们总是迟到早退，工作懒散，丝毫没有上进心。一开始，李峰在这样的环境中还能保持着工作的热情与冲劲。但过了几个月，李峰也渐渐地在同事们的影响下开始变得懒散起来。

他开始跟别的同事一样迟到早退，还加入了同事们组建的“代打卡联盟”，每天轮流由一位同事按时上班，帮所有的人打卡。有时候，李峰还会将自己的工作推给新来的同事去做，而且他还经常安慰自己：“反正大家都是这么做的。”甚至美其名曰锻炼新人。每天晚上李峰都和那些老同事一样用销售经费来款待部门同僚……

后来，李峰所在的部门进行大换血，李峰和许多同事都被列入了裁员名单。这时候，重新回到人才市场找工作的李峰才发现，这几年来一直放任的他如今在职场上丝毫没有竞争力可言。

其实，真正让李峰被挤到职场边缘的并不是他自己的能力与学历，而是身边环境对他的影响以及这些年来他对自己的放纵。过度的自我放纵让他失去了社会竞争力与成长空间，从而将自己的一手好牌白白地给荒废了。

很多时候，我们的行为与思维就像海边的岩石，在海浪日复一日的一次次拍打中，渐渐地失去了所有的棱角。如果我们任由周边环境对自己产生的负面影响而无动于衷，甚至为了自己不被排挤而选择同流合污，那么这无疑是我们自我放纵的开始。

生活就像是一次漫步，其中我们会遇到很多的分岔路口，而每一个选择都足以影响我们最终的目的地。尤其在环境的负面影响中，我们的每一个选择都会决定着我们的未来。至于是在放任中沉沦，还是保持自律，坚守初心，这完全在于你个人的选择。

那么你呢？你会怎么选？

07 | 当你发现只剩下自己和你所做的事时，你已经失去了很多

> 你一直坚持音乐，搞出什么名堂了吗？没有吧？既然你不听父母的话，一心扑在这件事上，那你就只剩下这件事了。
>
> ——《解忧杂货店》

很多时候，我们之所以感到生活的残酷，无非是因为梦想与现实之间存在着无法磨灭的冲突。是捍卫内心的乌托邦，哪怕在现实生活中伤痕累累也在所不惜；抑或是选择随波逐流，在烦琐的生活中感受着微弱却幸福的温暖？

这是很多人在成长过程中都经历过的难题，而东野圭吾在他的作品中也不止一次地对这个问题进行探讨。在《解忧杂货店》中他就讲述了这么一个关于坚持与放弃的故事。

出身鱼店世家的克朗酷爱音乐。他在年轻的时候，不顾家人反对孤身来到了东京。他希望日后自己能够摆脱经营鱼店的宿命，成为一名音乐人。

可现实并没有给予这个一心追梦的年轻人一丝的仁慈。几年过

后，克朗的奶奶去世。回家奔丧的克朗发现父母在不知不觉中已经不再年轻，而鱼店的生意也一落千丈。面对父亲的日渐衰老与鱼店的没落，克朗离家的念头也逐渐开始动摇。

有时候成长就是这样，生活从来不会阻止我们去做任何事情，然而，时间却会让我们渐渐地意识到曾经的年少轻狂让我们失去了多少美好的时光。

正如前面所写的一样，当克朗提出放弃音乐梦想回家接管鱼店的时候，父亲跟他说了那么一段话。虽然这对于克朗而言也许是一种无言的激励，然而事实上他在一意孤行的过程中已经失去了生命中一段美好的时光——他没有办法陪伴着父母变老，也没有办法得到街坊的认同。

他的生命中只剩下了他自己与他多年来一直追求的音乐梦想，除此之外别无他物。事实上，虽然最后克朗的音乐作品得以流传下来，可这些都是以舍弃一切来作为代价的。

相信对于很多年轻人而言，梦想是一个遥不可及却又值得让人为之奋斗的目标。只是在我们奋斗的过程中，很多人都曾经妄想为了梦想不顾一切，抛却那些看似唠叨的亲情以及仿佛阻碍自己追求梦想的劝说……

可事实上，当他们走过这一段年少轻狂的时光，遥望来时路的那一瞬间，他们便会明白：世界上总有一些宝贵的东西是因为我们的偏执而被舍弃，而我们却再也没有办法去弥补这已经消失的美好。

梦想不应该是偏执的借口，抛弃一切也不是圆梦的必要条件。

每个人都拥有追梦的权利，也会有成功的机会，但实际上能够将生活与梦想兼顾妥当，那才是我们真正追求的生活意义。

野草小姐曾经是一名不折不扣的“职场女魔头”。她从小刻苦用功，凭借自己的努力，在短短的两年间平步青云。当同龄人还在为了生计发愁的时候，她已经成为某外资企业的一名高级管理人员，管理着一支上百人的团队。

然而，薪水丰厚的野草小姐过得并不开心。不知道从什么时候开始她的生活中就只剩下了工作。周末的时候，部门同事纷纷组织各种联谊活动，却从来没有人邀请野草小姐。偶尔接到家里人的电话时，野草小姐也只能强忍着眼泪与思念，因为工作的缘故，她将近一年没有回家了。就连大学时谈的男朋友也因为她繁忙的工作离她而去。

每次到了夜深人静的时候，野草小姐都只能独自忍受着孤独。她总是安慰自己说：努力是从来都不会白费的，工作中的价值与其他相比更加重要，总有一天所有那些失去的都会在自己成功以后回到身边。

事实真的是这样吗？我们每一个人的人生都是一场不能回头的单程旅行。那些曾经青葱单纯的爱情，在青春过后将会一去不复返；那些无话不说的友谊，也会被生活的潮水无情地冲淡；还有那纯朴憨厚的父母，也会在我们的不经意间渐渐地老去。

如果所有的这些都是我们为追梦付出的代价，那么你觉得这一切真的很值得吗？对于年轻人而言，未来的确是充满无限可能与美好的。可是，谁也没有必要为了心中的一丝执念而抛弃一切，活成一座孤岛。

如果可以的话，请好好地珍惜生命中我们所拥有的一切，不要活成只剩下了自己与自己想做的事情，因为这样你会失去很多温暖的美好。毕竟，懂得珍惜当下的一切，未来才有它的真正意义。

08 | 只想到自己，你的人生会失去整个世界

▶ 这样对我也没什么好处，不管我有多正当的理由可以杀你，把你
▷ 送进监狱，对我的人生也没什么作用。

——《恶意》

在东野圭吾的作品《恶意》中，杀人嫌疑犯在自白书里写过这样一个片段：与初美的婚外情被发现后，野野口修想杀害初美的丈夫。然而，野野口修在实施谋杀计划时不幸被日高发现。失手被擒的野野口修在日高的威胁下变得很被动。

面对失手被擒的野野口修，日高本可以报警让野野口修接受法律的制裁。但本性自私的作家日高并不愿意这样做。原因是哪怕野野口修受到了法律制裁并被送进了监狱，或是日高出于"正当防卫"杀死了野野口修，这对于日高而言并没有什么好处。

于是，日高想出了一个解决办法。日高以谋杀未遂来威胁野野口修，让他甘愿成为自己的影子作家。这样一来，日高就可以利用野野口修的才华去提高他自己在文学圈的名望。

事实上，日高做到了。在野野口修的代笔下，日高"完成"了

自己的成名作，并且一夜间成为日本文学界的明日之星，风头一时无两。然而，当看到自己的作品广受读者欢迎，但所有的掌声与名利却落在日高的身上时，野野口修开始恼羞成怒。因为他才是原作者，虽然不断地为日高提供优质作品，但是一无所获。

在委屈与无奈的驱使下，野野口修重新制订了一次杀害作家日高的计划。当得知日高即将离开日本的时候，野野口修知道这是最后的机会。于是，他实行了谋杀计划，成功地杀害了日高。

如果仔细思考这个片段，我们很容易就可以得出这么一个结论：虽然日高是这场悲剧中的受害者，但是他也需要为这场悲剧担负一定的责任。

试想一下：在野野口修谋杀未遂的时候，如果日高选择了通过法律途径来制裁凶手，而不是为了自己的利益十年如一日地剥削这位“老朋友”的话，那么他的结局也许并不会变得如此悲惨。正是因为他凡事首先想到的都是自己的利益，甚至为了一己私欲而损害他人应享有的利益，所以他才会失去了一切，甚至连最宝贵的生命也被人剥夺。

在生活中，我们每个人都是独立的个体。可事实上我们每个人都没有办法单独地存活于生活中：不管是在家庭生活中，还是在社会生活里，我们都必须与不同的人保持着联系。人与人之间的交往是让我们不被生活孤立的基本条件——所以，如何对待人与人之间的交往，是我们未来活得丰盈与否的关键。

在生活中，我们每个人都需要与身边的人互相依靠、互相扶持。

只有这样，漫长的人生道路才会变得更加温暖、更加轻松：当我们困难的时候，朋友的援手是我们重新奋斗的动力源泉；当我们开心的时候，我们希望有人可以跟我们分享一切；当我们悲伤的时候，也许所有的一切都比不上身边人一个温暖的拥抱……

但事实上，生活中很多人总是将人与人之间的交流建立在自己的一己私欲之上。他们凡事首先想到的都是自己的利益，一旦身边的事情无法满足他们的私欲便熟视无睹，甚至避而不谈。

自私的人，无疑是在用自私自利来切断自己跟身边人的情谊。渐渐地他们活成了一座孤岛，与整个世界失去了联系。

而这样的故事就发生在你我每一个人的身边。黄露是一所高中尖子班里的学生。品学兼优的她在入学的时候被大家推选为班长。然而，几个星期后，大家都开始对这位班长的一些做法颇有微词。

比如，黄露经常利用班长的身份，要求劳动委员将她的名字从值日名单中移除，把清理卫生的任务留给其他同学。偶尔学校举办活动的时候，黄露总是利用职务之便优先获取自己需要的资源。黄露遇到不愿意参加的活动时，会要求他人顶替自己的位置……

在一次考试前，老师给黄露准备了一些复习资料，让她给全班同学分发。但是，黄露心里想：如果把所有资料都给他们了，那么她在考试的时候岂不是没有优势了吗？于是，黄露收起了一部分复习资料，将不完整的版本分发给各位同学，而她却保留了一份完整版的资料。

后来，黄露意料之中地在考试中折桂，但她扣留复习资料的小道信息也不胫而走。次年，在班长的推选中，黄露以一票未得的狼狈姿态落选。

面对挫折，黄露并没有意识到自己的错误，反而将责任推给所有的同学。她觉得肯定是自己平时没有利用班长职权给他们优待，所以才被同学们孤立了。

只是事实并不如黄露所想的一样，人与人的关系并不仅是利益的交换，更重要的是彼此的尊重与平等的交流。如果黄露作为班长能够主动地与同学们进行交流，帮助他们提高成绩，为他们谋取利益，而不是以一副高高在上的姿态剥夺他们的权利，甚至要心机、玩手段，不停地打压他们，那么她的结果也许会变得完全不一样。

在生活中，我们谁也没有办法脱离群体去生活。在人与人之间的每一段关系中，付出与奉献的力量要远远高于索取与压迫。正如《恶意》中的这个故事，如果日高选择原谅野野口修，那么这两个人的人生也许都会因此而变得更加丰盈。

生活中也是一样。我们谁也不傻，谁也不愿意与自私的人交朋友。可事实上总有人花光心思，时常计算自己的利益，什么事情都是优先顾及自己。最终，他们只会在朋友一次次的疏离与反抗中活成一座孤岛。这样的人生，难道真的是我们想要的吗？

真正的友谊，往往是建立在彼此互相尊重与信任基础上的。用心去交往，带着善意去面对生命中的每一个过客，这才是生活正确的打开方式。毕竟，人不能只为自己活着，你说对吗？

09 | 其实，每个人都没有平凡地活着

但是，事实并不是这样，推动这个世界运转的并不是一小部分天才，或是像你这种疯子，那些乍看之下很普通，看起来好像没有价值的人才是重要的构成要素。人类是原子，即使每一个个体都很平凡，无自觉地活在世上，然而一旦成为集合体，就会戏剧性地实现物理法则。

——《拉普拉斯的魔女》

有人说：世界是属于那一小部分天才的。但是，事实真的是这样吗？在东野圭吾看来，真正让这个世界不断发展的并不是那些天才，而是那些不断努力的看似碌碌无为的人。事实上，**没有一个人在这个世界上是平凡的，他们都在用自己的生命去影响着这个世界。**

在《拉普拉斯的魔女》这部作品中，东野圭吾通过一宗凶杀案引出了一个多年前的秘密。故事开头讲述的是温泉里发生的两宗命案。经过青江警官的调查发现，这两宗凶杀案的死者都跟甘柏才生有一定的关联。因此，青江警官将注意力落在嫌犯甘柏才生的儿子甘柏谦人身上。

经过调查，青江警官发现了一个多年前的秘密：甘柏才生认为自己的这个家庭实在是太不完美了，所以他设法将家里所有的人都杀了，并且伪造了女儿硫化氢自杀，妻子亦因此身亡的一种假象。甘柏谦人为了找到自己的父亲甘柏才生，想通过杀死温泉里这两人的方法引出父亲，并且施行复仇计划……

相信每一个读过这本书的读者都会认为甘柏才生的做法令人发指，因为家庭的不完美而痛下杀手，想要将家庭里的所有成员都杀死……对于甘柏才生而言，平凡也许是一种原罪，碌碌无为是世界上最无意义的存在。但实际上我们每个人也许都在过着平凡且奔波劳碌的一生。跟那一小部分站在聚光灯下的天才不一样，我们都不过是一个普通的人而已。

然而，难道普通人的生活就没有任何意义吗？事实上，东野圭吾在作品中通过原子运动的原理来阐明了这样一个道理：人类是原子，即使每一个个体都很平凡，无自觉地活在世上，然而一旦成为集合体，就会戏剧性地实现物理法则。那些看上去没有价值的人，恰恰是推动这个世界发展的重要组成部分。

在我们的身边其实并不缺乏一些普通的人。我们每个人都为了生计奔波，为了未来劳碌。有时候，我们也会感到迷茫与颓废，但事实上这并不阻碍我们从生活中找到属于自己的位置与成就。

刚刚毕业的黄国在步入社会后终于看清了自己的能力所在。在职场上屡屡碰壁的他开始怀疑自己的价值。每日如常的通勤与上班使他感觉自己不过是公司的一颗螺丝钉，因而他不仅看不到自己在工作中的价值，而且还心怀着一种“随时被别人顶替”的消极思想。

然而，最近发生的一件事情却改变了黄国的想法。公司最近承接了一个重要的项目，黄国所在的部门需要每天加班加点地去完成任务指标。经过几个月的辛勤劳作，公司的产品在项目中发挥了重要的作用，黄国所在的部门也得到了领导的嘉许与奖赏。

看着兴奋欢呼的同事，同样兴奋的黄国突然明白：也许一个人的价值对于这个社会而言是微不足道的，然而，对于一个团队而言，每一个人都是不平凡且不可或缺的一员。当一个个看似平凡的人走在一起时，却能够迸发出不平凡的力量。

很多人认为，社会的发展取决于那些站在金字塔顶尖的天才，然而这并不代表我们能够忽视每一个平凡人的力量。正是他们的一次次奋力拼搏，一次次努力上进，让这个社会在时光的推移下不断地进步。那些看上去每天奔波劳碌的人所不知道的是，他们所燃烧的力量并不会白费，他们的人生也不会平凡且没有意义。也许他们的努力能够让身边的人有所改变；也许他们的奋斗让一部分人的生活变得更加舒适。所有看似微不足道的努力，都在一点一滴地改变着这个世界；**所有看似平凡且没有价值的存在，都是生活中不一样的烟火。**

其实，没有一个人是平凡的，他也许是组织里不可或缺的一员，也许是家庭中最重要的中流砥柱，是身边人的精神寄托，也是平凡世界里的奋斗者……所以当生活不如意的时候，我们不必妄自菲薄。只要我们奋发向前，总能够在平凡的人生里创造出自己的不平凡。

Chapter 02

当无人慰藉时你要学会自我安慰

当你难过的时候，你会怎么处理负面情绪呢？是找三五好友尽情地倾诉，抑或是独自默默地垂泪？不管我们如何地高朋满座，总有孤身一人的时候。当夜深人静，午夜梦回时，我们又该如何安抚自己那颗受伤的心呢？在无人慰藉时，我们应该学会调整情绪，从容地走出阴霾，去寻找生命中的阳光。

01 | 没有太阳也就不怕失去

▶ 我的天空里没有太阳，总是黑夜，但并不暗，因为有东西代替了太阳。虽然没有太阳那么明亮，但对我来说已经足够。凭借着这份光，我便能把黑夜当成白天。我从来就没有太阳，所以不怕失去。

——《白夜行》

在东野圭吾的所有作品中，《白夜行》可以说是最具有特色的一部。正是这部惊为天人的作品，让东野圭吾成功地出现在大众的视野里。

《白夜行》讲述的故事曲折离奇，并且内容庞大，男主角桐原亮司与女主角雪穗之间不为人知的关系以及他们对社会的复仇成为贯穿整个故事的重要部分。然而，这一切都源自他们童年时灰暗的人生经历。

故事发生在一栋烂尾楼中。男主角桐原亮司在楼道中玩耍时，发现父亲桐原洋介正在对好友雪穗实施侵犯。惊恐和愤怒的桐原亮司拿起长剪刀刺死了父亲。随后，雪穗的母亲西本文代与情人也意外死亡……而杀死西本文代的凶手，就是雪穗。

此后，雪穗开始谋划一次又一次的犯罪。因为她不希望看到身边的人比她过得更好。甚至一些离她比较近的朋友，也难逃她的魔掌。其中，她的同学、好友甚至她的女儿都成为她所策划的性侵案的被害者。

书中有这么一句话讲述了雪穗的想法：性侵是夺取一个人灵魂的最好方法。正因为雪穗曾有被性侵的经历，因而她开始通过这样的方式去报复社会与身边的人。

而帮助雪穗犯罪的便是她的好友桐原亮司。也许有读者会问：雪穗一生中犯下如此多的罪行，难道她不怕失去家庭与所拥有的一切吗？事实上，对于她而言犯罪便是一切。不断下意识地对身边的人进行侵犯，是她在生活中的一种自我满足。

正如雪穗在《白夜行》里说的那样："我的天空里没有太阳，总是黑夜，但并不暗，因为有东西代替了太阳。虽然没有太阳那么明亮，但对我来说已经足够。凭借着这份光，我便能把黑夜当成白天。我从来就没有太阳，所以不怕失去。"

土土跟立立是走进城市的农村孩子。两人虽然是老乡，但是对待生活的态度却有所不同。

土土的生活比较颓废。他没有稳定的工作，平日靠打散工为生，而且他不工作时总是喜欢一个人躲在家里睡觉，很少去参加业余活动。

立立则跟土土完全不同。他虽然学历不如他人，但凭借自己的努力，当上了一家小企业的仓管部经理。而且，他平日业余时间喜欢参加各种业余活动以及培训课程。

几年过去了，土土的生活依旧没有任何改善，他的脾气却变得更加暴躁与孤僻。而立立则用最近几年的积蓄创办了一家物流公司。他凭借自己的专业知识与积累的人际关系，经过几年的努力，如今公司已经大有起色。

为什么同样起跑线的两人会出现如此不同的结果呢？这一切均取决于他们对待生活的态度。面对生活，土土始终秉承着一种破罐子破摔的态度。他觉得既然自己什么都没有，那么就随它去罢了。而立立却一直在努力地为自己创造条件。因为他觉得，虽然自己在城市里什么都没有，但是可以通过努力去谋取自己想要的一切。

想来生活中不仅土土跟立立会有如此巨大的差异，就是同一所学校毕业的学生在面对生活时的不同态度也影响着他们的人生发展。有的人在生活的琐碎下自暴自弃，让自己习惯存活于黑暗之中。如此他们只能够仰望着远方不知何来的光芒，止步不前。而有的人则会不断地提升自我，哪怕生活中充满了恶意，也愿意追逐阳光，不断地奋发向前。

所以当你的生命中并没有值得让你一往无前的希望时，你就需要努力地去寻找。生活，并不是因为没有所以便不怕失去，而是因为缺少所以去寻找。别以为黑暗中的点点微光便是你的所有，当你见过太阳的光芒时，你就会重新认识这个美好的世界与温馨的生活。

不用害怕追逐不到太阳，因为奋力前进的你本身就已经焕发出了迷人的光芒。毕竟用奋斗去开拓生命，本来就是一件很美好的事情。

02 | 不如意事常八九

▶ 要是什么都按照计划顺利实现，谁还用辛苦打拼？想到正因为活

▷ 着才有机会感受到痛楚，我就成功克服了种种困难。

——《解忧杂货店》

如果说《解忧杂货店》与东野圭吾的其他作品相比有何特别之处的话，那么一定是这部作品的文字中所洋溢的满满的善意与希望。

在作品中，每一个故事主人公都如你我一般，是星斗市民中的一分子。他们有着自己的困惑与苦恼，也曾在生活的烦琐中怀疑过自己。然而，他们最终都在“浪矢杂货店”中找到了善意与希望。

“浪矢杂货店”是一家位于偏僻角落的杂货店。店主浪矢雄治平日总是以书信的形式为他人排忧。人们也渐渐地喜欢将烦恼写在信上然后投进店门前的投信口中。事实上，浪矢雄治用心的回信改变了无数人的人生。

其中有一个孩子便因为浪矢雄治的回信而改变了一生。在孤儿院里，有一名孤僻的孩子。他的身世总是让他对生命的价值感到怀

疑。他没有爸爸。在他一岁的时候，妈妈在一次交通事故中丧生。由于现场没有发现刹车痕迹，警方认定这是一宗母亲带着婴儿自杀的案件。

孩子在得知自己身世的真相后，开始怀疑自己人生的价值。连妈妈也不希望他活下来，那么他的生命还有什么意义？于是这名孩子尝试过自杀，也渐渐变得沉默寡言。

后来，在偶然的机会中，他得知妈妈曾向浪矢雄治请教如何解决单亲母亲怀孕的难题，并且在浪矢雄治的回信中看到了充满温情的另一个真相。浪矢雄治告诉孩子的妈妈：如果你愿意付出一切代价让孩子幸福的话，那就生下来吧。

从回信中，孩子读懂了妈妈让自己幸福的决心，也仿佛看到了在生活的摧残下妈妈依然咬牙坚持将自己养大的顽强毅力。他开始相信那宗交通事故是一个意外。妈妈只是因为营养不良而在驾驶过程中失去了意识。而他也渐渐变得敬畏生命，珍惜生命。后来，这位孩子以被帮助者后代的身份给浪矢雄治回了一封信，写下了本文开头的那一段生命领悟。

是的，**生活中没有什么会按照我们美好的愿景一直维持下去。**所有美好的愿景都必须面临生活的摧残。我们一直努力地生活，一次次地走出自己的舒适区，便是为了让自己变得更加强大，从而能够更好地面对生活中一次次的不如意。

正如故事里的那个孩子，我们并不难感受到这个孩子在成长过程中所遭遇的挫折与磨难：意识到自己没有父母时的失落，误认为母亲曾经想放弃他时的绝望，对生命的质疑，对未来的无助……

然而，正是浪矢雄治的回信让他明白了这个道理：人生不如意事十之八九，没有什么是能够永远按照美好的计划进行的。只要我们心中坚持对善良与爱的信仰，那么这些不如意的事只不过是我们生命中的一种感受罢了。

只要留心观察，那些被不如意包裹着的人在街头随处可见。我们每个人都希望自己能够成功，可现实中并非能够事事如愿。我们可以看到那些肩负家庭重任的中年人在别人睡觉的时候依然辛勤劳作；有些负债累累的人凌晨四点便为小吃摊准备菜品和原料，开始了一天的忙碌；也有些心怀美好期许的年轻人在漆黑的午夜拖着疲倦的身躯走在回家的路上……

生活并不容易，每时每刻我们都必须面对各种难题与挑战。其实，大家都一样，在美好的愿景中兴奋着，在生活的不如意中失落着，事事顺意的愿景往往会变得事与愿违……在面对困难的时候，我们也曾怀疑、否定过自己。但无论怎样，你都要相信，所有这一切都不过是生活的一部分，困难与挫折也是生命中不可或缺的一部分。只要生命依然存在，那就没有什么大不了。

所以在不如意的时候不妨告诉自己：不要紧，我们每天都会面临各种不如意的事情。如果挫折是我们获得成长所必须学会忍受的痛苦，那么我们不妨学会忍耐，毕竟只有活着才能够感受到痛苦。一旦我们选择了放弃，那就真的一无所有了。

每个人都想活成自己希望的样子，没有人愿意在生活中苟且。

然而，美好的愿景往往经不住现实的摧残，我们活得并不如意。毕竟在现实面前，我们能做到的只有始终坚持希望，学会承受痛苦与挫折，才能够等到苦尽甘来的那一天，才能够看到驱散黑暗的太阳。

03 | 明天会比今天更好

▶ 无论现在多么的不开心，你要相信，明天会比今天更好。

——《解忧杂货店》

不知道你们是否会和我一样，偶尔会感觉到自己的生活一无所有。如果我们身边的人潮散去，那么我们还剩下什么？我想，剩下的就只有期许。

在《解忧杂货店》里，东野圭吾给我们讲了一个富二代孩子家庭没落的故事。

浩介出生在一个富裕的家庭，生活无忧无虑。但浩介上初中的时候，由于父亲经营不善，家庭条件一落千丈。

而浩介的生活也因此发生了颠覆性的变化：没有了巨额的零花钱，没有了安逸的生活，甚至在偶像披头士乐队解散后，浩介的精神世界也渐渐地崩塌。

更让浩介感到不安的是，为了躲避债务，父亲决定带着一家连夜逃离。面对生活的动荡，浩介将自己身上发生的一切都写成书信，并且塞进了浪矢杂货店的投信口中。浩介期盼着能够在浪矢雄治的帮助下找到解决问题的方法。

结果，浪矢雄治在书信里告诉浩介：如果你能改变父母的想法，那固然是好；但如果你不能改变他们的决定，那唯一的方法便是跟随他们而去。相信父母的决定，他们是不会迫害自己孩子的。家人永远是我们最值得依赖的港湾。不管现在的生活是多么不如意，但你要相信，明天一定会比今天好。

虽然浪矢雄治的话并没有完全改变浩介的想法，他依然对自己的父母充满怨恨，甚至在家人连夜逃离的过程中选择离家出走。可当浩介事业有成以后回想起浪矢雄治的话时，也曾感激流涕，甚至亲手给浪矢雄治寄去了一封感谢信。

不知道从什么时候开始，我们在一次次的挫败中明白了这么一个事实：**我们并不是生活的中心，生活也不会因为我们的期许而改变它的轨迹**。不管是人际关系，抑或是其他方面，我们都很容易因为生活的琐碎与残酷而感到委屈。

这时候，唯一能够让我们得到救赎的就只有内心的希望。**无论生活如何亏待我们，也不要放弃对生活的希望**。要知道，那些我们看上去活得毫不费力的人背后，支撑着他们的正是那一次次熬过绝望的魄力。

20 世纪 80 年代，美国陷入了经济萧条时期。医疗器械推销员加德纳的生活也因此陷入了困境。妻子由于无法忍受艰难的生活离他而去，加德纳只能够带着 5 岁的孩子一起生活。

后来，他经历了一连串的打击：由于交不起房租而被房东赶出来，由于买不起食物而不得不排队领取公益补助……

生活中，我们每个人都会有遭遇绝望的时候。当我们走在绝望的边缘，看着大街上的人来人往，却不知道自己何去何从时，请记住一点：面对绝望，我们所能做到的只是心怀希望，然后默默地等待生命的曙光。

很明显，加德纳并没有放弃希望。在经济萧条的时代，他依然梦想着能够成为一名证券交易员。1987 年，33 岁的加德纳经过多年的艰苦奋斗，终于创办了自己的股票经纪公司。这时，他的年薪高达百万。加德纳已成为当时经济萧条的环境中最有潜力的企业家。

加德纳的故事后来被搬上了银幕，并且影响了一代又一代的年轻人。他用自己传奇的前半生告诉所有的人，那些所谓励志，其实不过是对明天还抱有希望罢了。

你要相信：谁都有不开心的时候，然而，只要生活还在继续，明天便拥有希望。只要你坚持不断地努力，渴望的美好只是迟到，但绝不会缺席。不管你多么的不高兴，生活多么的不如意，但是，你千万别放弃，幸福终究会到来。因为只要你不放弃，明天就一定会比今天更好。

04 | 别忘了最纯粹的美好

▶ 对她们来说，最重要的应该是美丽、纯粹、真实的东西，比如友情、爱情，也可能是自己的身体或容貌。很多时候，更抽象的回忆或梦想对她们来说也很重要。反过来说，她们最憎恨企图破坏或者从她们手中夺走这些重要东西的人。

——《放学后》

如果青春是生命中最美好的时光，那么它的美好也许就在于与众不同。是的，青春期的我们看上去总是跟其他时期格格不入。我们努力捍卫自己内心渴望的东西，努力守望那些成年人看上去不值一提的事物。

在《放学后》里有这么一个情节：在线索与动机都被一一切断以后，前岛老师与警官讨论案件。警官突然灵光一闪，问前岛老师："也许我们认为的杀人动机并不是他们所看中的，你觉得学生最看重的是什么东西？"

前岛老师听了警官的话，犹如醍醐灌顶，道出了这句话："对她们来说，最重要的应该是美丽、纯粹、真实的东西，比如友情、爱情，也可能是自己的身体或容貌。很多时候，更抽象的回忆或梦想对她们来说也很重要。反过来说，她们最憎恨企图破坏或者从她们手中夺走这些重要东西的人。”

是的，对于一宗发生在学校的凶杀案而言，如果学生是嫌疑人的话，那么他们的杀人动机一定不是为了金钱和利益，相比之下，他们更加注重内心的感受。比如，那些美好的回忆以及对未来的幻想，对正处于青春期的学生们而言是不可触犯的。

其实，我们每个人都曾经有过这样的一段岁月。那时候的我们并不太过于在意物质与攀比，反而会把精力放在生活中的各种小细节上。我们会在乎跟身边人的友谊，也会在意自己的容颜与能力，甚至会因为看到蓝天白云而热爱身边的生活。

不知道从什么时候开始，我们渐渐地开始注重物质上的追求，注重攀比。于是，我们开始了奔波的生活，强忍着疲倦一直追求那些不属于我们的东西。到最后，我们不仅费尽了苦心，而且错过了生命中许多值得珍惜的东西。

羽田是大家眼中一个十分普通的员工。平时他从来不会在办公室里谈论自己，更多的时候是埋首默默地完成自己的工作。甚至大家都在领导面前拼命地表现自己的时候，他仍然默默地坐在格子间里做自己的事情。下班后，他喜欢跟同事一起去参加野外活动，但从来不会主动参加公司里的应酬活动。

对此，大家都觉得羽田是一个没有野心的人。甚至有人觉得他不过是一个“混日子”的员工，是一个“老好人”。一个月前，羽田所在的部门迎来了变动，部门主管一职空缺。许多人都怂恿部门里资历最老的羽田去参加内部竞岗。

羽田得知后也默默地申请了竞岗，但他参加竞岗后表现得并不如其他人一般“积极”。当别人都在努力展现自己工作成果的时候，他只是默默地耕耘着；当他人为了冲业绩而将订单都压在一个时间段的时候，他选择了如常地工作；甚至有的员工想方设法地去巴结领导，他听到了也不过是一笑置之……

羽田身边的很多朋友知道后都嘲笑他，说他没有任何手段去提升自己的地位，展现自己的能力。然而羽田听了以后却一笑置之，说：“得之我幸，失之我命，与其想方设法地讨好领导，还不如好好地生活，好好地做好自己的工作。”

很多人都被卷入了生活的旋涡，不由自主地奔忙着。他们以为不断地去索取便能够找到更好的生活。他们嘲笑像羽田一样的人太过于“佛系”。然而，他们不知道的是，在很多时候，羽田们活得比大多数人更加开心，也过得比大多数人更加轻松，甚至他们的工作效率更是远远高于其他人。

如果一味地追求物质与名利，我们很容易在一次次的强求中偏离了轨道，单纯地为了追求物质而奋斗，而忘记了最初的美好与生活中的纯粹。正如羽田所说，“得之我幸，失之我命”，凡事保持进取之心即可，而无须强求。

要知道，世界一直都是很美好的，真正让我们感到苦楚的还是我们对物质的欲望，以致掩盖了我们的初心与发现美的眼睛。试想一下：如果我们总是匆匆忙忙，又如何能够看清楚头顶上的那片蓝天？如果我们总是想着如何炫耀以满足自己的虚荣，又如何能够守护我们的初心？

不管心态怎么变化，不管前景如何诱人，即便是在奔跑的时候也别忘了停下来，看一看并欣赏一下身边的美好。曾经的我们渴望长大，渴望在社会上大展拳脚。那时候，在我们看来，奋斗是一件十分美好的事情。所以，千万别忘了心中那纯粹的美好。

05 | 正因为活着，才遇到各种美好

▶ 今后你也会喜欢各种各样的人，正因为活着才能这样。

——《时生》

在小说《时生》里有那么一句话：“今后你也会喜欢各种各样的人，正因为活着才能这样。”这是整部作品中最容易让读者产生共鸣的句子之一。

小说《时生》讲述了一个患上不治之症的少年时生穿越回到了20年前对父亲拓实先生进行救赎的故事。当回到20年前时，时生发现父亲并不像20年后那样沉稳成熟，反而有点儿年少气盛，总是伤害将他独自抚养成人的祖父。

那时，拓实先生将所有失败都归咎于童年时母亲抛弃了自己。他觉得自己就像是被遗弃的猫狗一样。因而，每当他做了一些明知道不好的事情时，都将责任归罪于原生家庭，并且总是对着自己的父亲任性地发脾气。

穿越而来的时生告诉拓实先生，既然来到这个世界上，就应该感谢父母给予了我们生命。拓实先生则反驳说：“如果我没有被生下

来，也许就不用感受那么多的痛苦。”

想来我们每个人也许都有过这样的想法：如果当时母亲没有把我们生下来的话，也许就不会总是遇上那么多的烦恼。然而，时生对此却有另一种想法。他告诉拓实先生说：“今后你也会喜欢各种各样的人，正因为活着才能这样。”

是啊，如果没有拥有生命的话，那么我们又怎能感受生命中的各种美好呢？那些终生难忘的珍贵时刻也不会出现在我们的生命中。正因为父母将我们生了下来，我们才能拥有生命中这样美好的时刻。

而时生在对待生活时秉承的是另一种态度。他觉得就算自己没能拥有一个完整的人生，然而，这对他而言也是一次有意义的旅途。他从不后悔曾经鼓励拓实先生与妻子将他诞下，同时他也感恩能够在这个世界上生活。

生活在这个世界上，我们谁也不可能逃避痛苦，然而，这也不能妨碍我们去追寻生活的美好。只要我们活在世界上，就肯定会有痛苦与快乐。如果单单为了眼前的痛苦而放弃了日后的美好，那么这难道不是一个愚蠢的决定吗？

黄泽是一名民生记者。某天他下乡采访独居老人时认识了梁伯。梁伯乐观豁达的态度让黄泽感到十分惊讶。梁伯自从老伴与独子去世以后一直都是独自生活。

为了生活，90 岁高龄的梁伯需要每天到县里卖纸皮为生。他偶尔捡到一些小玩意便收起来，在周末早市上摆地摊贩卖。每天繁忙的生活让他疲惫不堪。梁伯偶尔病倒了更是无人照顾，只能躺在床上等身体慢慢地恢复。

除此之外，梁伯还有一块自家的田地。每天天刚亮的时候他都必须起床去田里劳动，比如除草、施肥、浇水等。看着梁伯的生活如此艰苦，黄泽心里感到十分悲伤。

然而，当黄泽问梁伯是否觉得这样的生活太过于疲倦时，梁伯却说：生活虽然让人感到疲惫，但是这并不要紧。因为只要一直活着，就一定会遇到好的事情。

看着梁伯露出的笑脸，黄泽突然觉得生活特别美好。黄泽以为这位 90 岁高龄的独居老人会看不到生活的希望，总是一副郁郁寡欢的模样。然而，眼前的这位老人却用笑容瓦解了黄泽的看法，并且用行动告诉他：生活本来就不应该有绝望，因为只要活着，未来就一定能够遇到各种美好。

有时候，我们不得不承认，面对生活的态度远远比不上老人与孩子。他们比我们更加豁达，愿意忍受生活上的各种琐碎跟痛楚来期待生活中的美好。但是随着社会生活节奏的越来越快，竞争的压力越来越大，有的人不堪压力选择结束了自己的生命。这无疑是因为眼前的痛楚而放弃了日后所有的美好。

生而为人，我们都有着自己的一段旅途。旅途上有开心也有眼泪，有波澜也有平淡，但是不论发生什么事情，我们都不要去怀疑生命的价值。因为只有活着，我们才有机会探索未来，才能够去寻找那些散落在各处的美好。不用在意那些挫折与失败，毕竟，我们是为了美好的幸福而活着。

06 | 有梦想比有好的结果更值得欣慰

▶ 就在那段日子里，他离开了人世。他最后对我说的那句"谢谢你带给我的梦想"，还有临终时满足的表情，对我来说就是最大的奖赏。虽然没能参加奥运会，但我得到了比金牌更有价值的东西。

——《解忧杂货店》

东野圭吾的作品涉及甚广，可为什么大家都喜欢《解忧杂货店》呢？也许这部作品所反映的便是我们生活中最真实的善意与遗憾。在故事里，每一个人都有自己的烦恼。虽然他们都通过浪矢杂货店获得了真诚的建议，但并不是每一个心怀理想的人都得到了好的结局。

比如，热爱音乐的音乐人最终没有等到功成名就的那一天，在一场大火中，他为了救人而失去了生命；迷茫的单亲妈妈也没有等到孩子长大的一天，由于营养不良，她在一次出行中发生了交通事故……

而最让读者印象深刻的，莫过于那个看似前程似锦的奥运会健将月兔的故事：作为奥运会击剑项目的种子选手，月兔本应该拥有一个幸福的人生。随着奥运会的到来，她拥有着光明的前途，也拥有一个爱她的教练男友。他们相敬如宾，一同为了夺取奥运会奖牌而奋发前进。

然而，不幸的是就在奥运会集训营准备开启的时候，月兔的男友突然患了重病。生活的暴击让月兔一时间陷入了两难：是继续参与训练营，还是放弃奥运会，全身心地陪伴男友度过最后的时光？要知道，男友作为教练，他最大的希望就是能够亲眼看到月兔登上奥运会的领奖台。如果月兔贸然放弃的话，那么男友的愿望便永远不能实现。

如果说生命中有什么总是让我们陷入两难的话，那么他人的期盼定算其一。有时候，生活就是这样，每一份刻骨铭心的情愫背后都会有一份不为人知的羁绊。

肩负男友期盼的月兔找到了浪矢杂货店，她的来信让 21 世纪的敦也等人收到。三位来自“未来”的小伙子得知当年月兔所参加的奥运会将被取消时，极力建议月兔放弃奥运会，专心地陪伴即将不久于人世的男友。

世事有时候就是如此奇妙，通过与浪矢杂货店的书信来往，月兔渐渐地明白了自己与男友心中的共同梦想，因此，她毅然决定参加奥运会训练营。虽然月兔由于久未训练而最终无法入选奥运会选拔赛，男友也因病离世，但她从未后悔自己的选择。

世事无常，也许这对于月兔而言是最好的结局。正如月兔的男友在离世之前所说的那样："谢谢你带给我的梦想。"

每个人的生命都会有尽头，然而，这并不是我们终日郁郁寡欢，止步不前的理由。相反，正是因为生命的短暂，我们才应该更加珍惜当下的每一刻，让生命变得更加有意义。

在英国曾经发生过这样一个故事：有一个孩子被诊断出脑癌末期，小小年纪就承受着疾病的困扰。然而，他并没有郁郁寡欢，因为他想在人生最后的时间里实现自己唯一的愿望——见一眼蝙蝠侠。

在孩子 5 岁生日的时候，爸爸为了满足孩子的愿望，将自己打扮成蝙蝠侠从天而降。为了这一天，爸爸花了将近一年的时间去模仿蝙蝠侠的动作，并且一次次地练习美式英语。

孩子并没有认出蝙蝠侠就是爸爸。他带着蝙蝠侠参观了自己的房间，并且请求蝙蝠侠在自己离世以后好好地照顾爸爸妈妈。此言一出引得躲在一旁的妈妈泣不成声。

这件事在网络曝光以后，有的网友指责这位父亲不好好地给孩子治病，反而"不务正业"地装成蝙蝠侠。但是大部分网友对这位父亲的做法表示赞赏。

一个孩子明明自知不久于人世，可是他却一直因为梦想而对生活保持着热爱与希望。而且，这个小小愿望的实现也成为他短暂人生中最耀眼的光芒。如果死亡是不可避免的，那么梦想也许就是我们唯一的安慰。

平凡如你我的普通人一生中最大的愿望也许不过是能够按照自己的意愿去生活，在有限的时间里不断地攀登一座又一座的高峰，让一次次的努力成就我们人生中不可磨灭的价值。

如果世界上有什么能比生命更加重要的话，也许只有那孜孜不倦的追求与那不甘平凡的力量。

07 | 每种命运从来都不是用来被人理解的

▶ 平介想起自己失去的女儿，想象着他们的心情，却无法共情，大
▷ 概每个人心中的悲伤都不尽相同吧，旁人岂能理解。

——《秘密》

在东野圭吾的作品《秘密》中，讲述了这么一个故事：平介的妻子跟女儿遭遇了车祸，平介妻子的灵魂进入女儿的身体，这让一个普通的三口之家遭到了巨大的挫折。而平介此时心中也难免对那个因为疲劳驾驶而出车祸的司机产生怨恨。

然而，一个偶然的机会，平介发现了一个秘密。这个造成车祸的司机有一个复杂的家庭。他的孩子并非自己亲生。司机得知真相后决定离开家庭，远走他乡。虽然他组建了新的家庭，但他对原来的家庭念念不忘，因而他不得不努力地工作，给孩子寄学费与生活费用。

在得知司机的故事后，平介竟然一下子原谅了司机，并因此想起了失去的女儿。事实上，平介发现每个人都有着自己的命运，不管是好的还是坏的。对于他人的命运，没有人能够完全地感同身受，甚至没有人能够理解他人身上所发生的事情。

正如在事故受害者家属的集会上，会议室里的死者家属们外形各异，有的憨厚老实，有的老态龙钟……坐在会议室里的都是伤心的人，可是没有一个人的伤心是相同的。

命运就像一条条通往不同地方的分岔路，我们每个人每天都迎接着不同的生活，在不同的命运中前行。在命运的道路上，我们也许会有并肩同行的伙伴。但在下一个分岔路口，我们谁也不知道是否会离开。在命运的道路上，没有人会与你一直同行，因而每个人的命运都无须让人理解。

在生活中，每个人都有自己的难处。也许那些看上去平淡无奇的人，他们的背后有着不为我们所知的波澜；也许那些看上去玩世不恭的人，他们早已经被命运折磨得疲惫不堪。我们是一个个平凡的人，可是，在我们的背后都会有那么一段不平凡的故事。

不久前，李苦由于过度疲劳晕厥而被送进了医院。当时，他已经连续工作了两天两夜。他这么拼命工作，让身边的很多同事都感到不解。因而，当同事们到医院探望李苦的时候，都纷纷劝他不要太过沉迷于工作，好好地保重身体。

然而，在看到李苦的父亲后，大家立马就明白了李苦为什么会那么拼命地工作，并且透支健康也在所不惜。李苦的父亲是一个残疾人。失去劳动能力的他只能够依靠政府的少量补助生活。不巧的是李苦的母亲最近生了一场大病，让这个本来并不富裕的家庭变得负债累累。

为了给母亲治病，李苦不断地努力工作，希望能早日还清家里的债务。在得知李苦的故事后，同事们都开始对这个职场上的“拼命三郎”改变了看法。有的同事发起了募捐活动为李苦加油打气。也有的同事觉得李苦虽然为了父母而奋斗，但弄垮了身体也是一件很傻的事情。

事实上，我们在生活中的一举一动都会有人理解或不理解。比如，在遭遇生活挫折时，很多人都会找自己亲密的人倾诉。然而，这样做很多时候并不会引起倾听者的共鸣，他们甚至无法感受到我们的烦恼。

就像李苦一些不为人知的经历，有的人会因此同情他，并理解他的做法。但是也有不少人对他的做法感到不理解。这正说明了我们每个人都有着自己生活的理由与动力。也许我们奋斗的原动力不为人知，也许我们自己的努力一直都得不到别人的理解，但我们要知道的是，命运并不是用来被别人理解的，而是推动我们前行的动力。被人理解是幸运的，但不被理解未必就是不幸。当一个人把自己的价值完全寄托于他人的理解时，那么他往往并无价值。

同样的道理，当我们没有看到他人背后所承受的命运时，不妨避免对他人的行为评头论足。就像有时候我们看到有的人为了一些事情奋不顾身，有的人为了信仰奉献了生命，虽然我们对此并不理解，但是我们要尊重他人为自己的命运所做出的决定。

我们每一个人的命运都是独特的。我们不要用自己的眼光去看待别人的生活。我们每个人的经历不同，因而，我们都有各自不同的命运，而每一种命运都不曾真正地被人完全理解。其实，做好自己，尊重他人，也许这就是生而为人最简单的处世方法。

08 | 酒只能麻醉自己的思维，却不能彻底安慰你的内心

在几天前，炸弹终于被引爆了。辉美长这么大连成年男性打架的场面都没见过，因此母亲和祖母在眼前打作一团的情景对她来说恍若噩梦。两人惊悚的形象让她觉得这根本不是自己的亲人。

那天夜里，母亲愤然离家，祖母则把自己关在房间里，像着了魔一样不断念经。晚归的父亲看到一室狼藉，似乎马上明白发生了什么事，却没有做出任何反应，而是把威士忌酒瓶和酒杯往餐桌上一摆，就着鱿鱼丝喝了起来。

——《造彩虹的人》

“其实每个人身上都会发光，但只有纯粹渴求光芒的人才能看到”，在小说《造彩虹的人》中，东野圭吾通过一座城市里的点点滴滴刻画了这么一个治愈人心的故事。

东野圭吾在小说中讲述了三个青年的故事：功一在辍学以后终日浑噩度日，并且加入了暴走族荒废着自己的青春；正处于高考前夕的政史由于精神无法集中，而陷入了崩溃；辉美出生在一个充满

矛盾的家庭，家庭中的终日争吵让她对生活失去了热情，因而决定自杀……

然而，就在他们对生活无所适从，决定结束自己生命的时候，他们在同一时间看到了一个让他们人生彻底改变的景观——一个人正在用七彩绚烂的光束演奏出奇妙的旋律。这让他们重新燃起了希望，那些仿佛早已被生活消磨殆尽的热情正在源源不尽地涌出来。

有时候，人心便是这样，这一刻你为了无解的难题万念俱灰，但是也许下一刻一个小小的变化就能够唤醒心中的曙光。正如东野圭吾说的那样：只要你心中有光，那么心灵终会被一些小小的事情所安抚。

然而，虽说如此，但生活中还是有许多被琐碎困扰着的人。他们在苦难中不断地尝试麻痹自己，试图忘记痛苦。久而久之，他们的内心渐渐地就生出了一个厚厚的茧，不仅将痛苦紧紧地包裹在里面，同时，也挡住了生活的光。

辉美在面对家庭不和时，曾无比地绝望，然而，一道光让她的生活发生了改变。我们看看辉美的父亲是如何面对家庭里每日重复的琐碎的：晚归的父亲看到一室狼藉，似乎马上明白发生了什么事，却没有做出任何反应，而是把威士忌酒瓶和酒杯往餐桌上一摆，就着鱿鱼丝喝了起来。

可以看出，父亲对于家庭中的不和睦早已经习以为常，甚至对此已经变得麻木不仁。而他选择的解决方法便是将威士忌往桌上一摆，然后希望用酒精来麻醉自己……然而，这真的能够解决一切问题吗？

在生活中，我们会看到不少借酒消愁的人。当他们遇到生活的苦难时，便习惯性地用酒精来麻醉自己，甚至不顾一切地让自己陷入寂静的灰暗中。只是酒醒过后那些需要面对的难题依然还在，那些让人不知所措的痛苦始终没有得到解决。

其实，不仅是辉美的父亲，就是生活中也有很多人为了一些看似跨不过去的坎而借酒消愁。他们也许为了一场失败的恋爱而宿醉，为了一单谈不成的生意而苦恼，为了未来看不清的希望而一次次地麻醉自己的思维……

然而，生活并不需要我们自我麻醉。面对生活更好的方法是不断地做出改变，尝试着用新的方法去解决不同的难题。你要相信，生活中没有跨不过去的坎。只要心怀希望，终有一天，生活会给我们这份努力一个满意的答案。

不要逃避挫折与困难。生活就像是一场奔跑。前方的路总是荆棘密布。如果我们总是习惯绕路而行，那么很快我们便会迷失了方向，失去了奔跑的意义。在生活中，唯有迎难而上，我们才能更快地到达终点。毕竟谁都会遇到生活中的难题，如果我们一味地逃避，那么事情永远都不会得到解决。

如果不能积极地面对生活中的难题，又怎能等到曙光来临的那一刻呢？不要想着酒精能够帮你解决难题。酒精只会麻醉你的思想，并不能够安抚你的内心。不必逃避，因为只要心中有光，凡事都会有解决的那一天。

记住，酒精只会麻醉你的内心，徒增你的烦恼；而希望则能够让你走出阴霾，走向更远的地方。

09 | 选择最难的道路，收获的是最丰厚的回报

▶ 明明有轻松的道路，却偏偏要选一条艰苦的，并且牺牲快乐的时
▷ 光来学习——这样的努力没有理由收获不到回报。

——《秘密》

在人生的道路上，会有很多不同的分岔路让我们去选择。有的道路平坦宽广，通往的却是一个平淡无奇的终点；而有的道路蜿蜒曲折，却能够将我们带到风光旖旎的地方。

在年少无知的时候，我们总是倾向于选择比较简单的道路，以致长大以后总是羡慕别人沿途看到的美丽景色，而自己则只能够在拥挤的人潮中看着千篇一律的景色。

获得了重生的直子明显也知道这个道理。当她的灵魂进入女儿的身体后，开始积极地融入学校生活。她不仅在学校里参与各种社团活动，而且还拼命地学习，成为一名优秀的学生。

后来，女儿小夜子的灵魂回归时，她已经成为学校里最优秀的学生。在将女儿的身体与生活调节到最佳以后，直子的灵魂就慢慢地消失在了这个世界上。

在这个桥段中，东野圭吾将伟大的母爱刻画得淋漓尽致。在生命的尽头，直子用尽自己最后的时光将女儿的成长带回了正轨，用生命去告诉她：简单的道路虽然能够让生活变得安逸，然而却永远不能找到你想要的东西；而耗费快乐的时光去学习，虽然过程很艰苦，然而却能够让人收获最丰厚的果实。

其实，不仅仅是学习如此，在生活中各个方面也是如此。在工作中，如果我们选择简单的工作，那么我们永远都没有办法取得惊人的进步。在生活中，如果我们总是沉溺于安逸，那么我们就没有办法看到生活中的另一番景象。在恋爱里，如果我们总是不求上进，那么这段爱情很可能会变得平凡乏味……

当我们每一次逃避生活中艰苦的选项时，那都是我们对生活的一次妥协。而每一次的妥协，都是在消磨我们日后的成果。所以一味地逃避并不能使我们收获什么，反而会让我们在安逸中消磨了青春，空留叹息。

举个例子，源源毕业以后面临两个选择，一个是简单轻松的文员工作，另一个是充满挑战的销售岗位。在工资水平不相上下的情况下，源源果断地选择了前者。

一开始，源源轻松的工作引来无数同学的羡慕。源源除了不用加班以外，每天还拥有大量的空闲时间。这让他的生活变得安逸与舒适。看着同学们都在为了未来奋斗，源源心里默默地嘚瑟着。

然而，好景不长，过了两年源源被公司辞退了。看着身边的同学都有立足社会的一技之长，而他却在这两年里荒废了本应该用来学习的时光，这让他后悔不已。

跟源源一起毕业的还有一个勤奋的男生古古。古古毕业后去了一线城市，并且在陌生的城市里努力打拼：每天早早地赶到公司，准备资料，做销售计划，拜访客户，晚上又回到办公室工作到午夜。每天十多个小时的工作让他感到十分疲惫。

然而，他并没有羡慕源源的生活，因为他知道自己所付出的一切终将会获得回报。过了两年，古古积累了一些储蓄和人脉，于是他开始创业。面对变化万千的市场，古古并没有太多的担忧。因为他在过去两年间已经收获了丰硕的成果，而且，他也相信这些人脉与资源能够帮助自己渡过一个又一个的难关。

其实，生活有时候很简单，只要你付出了努力，就会有更多的机会获得成功。就像《秘密》里说的那样："明明有轻松的道路，却偏偏要选一条艰苦的，并且牺牲快乐的时光来学习——这样的努力没有理由收获不到回报。"我们每个人都希望能够在有限的青春里收获更多的成果，而要实现这个梦想就要勇于挑战自己，朝着最艰苦的道路走去。

趁着年轻，我们不怕选择一条曲折颠簸的道路。只要我们向着前方的曙光前进，那么我们总会有到达终点的一天。**最可怕的就是，我们为了贪图安逸，选择了一条平淡无奇的道路，将本应该丰富多彩的人生变得碌碌无为。**

不要让自己的青春变得千篇一律。有时候，我们除了要追求青春的快乐以外，奋斗也是必不可少的。给自己一个机会，去挑战生活中最艰难的一面，这才是青春该有的模样。

Chapter 03

『爱』是一种能量

我们活在世上，为的便是爱与被爱。我们有时为了爱而烦恼，有时为了爱而痛苦得死去活来。如果没有正确的恋爱观，我们就很容易陷入一种自我怀疑或是自我否定的局面，从而让人生变得痛苦不堪。让我们重新认识爱，并且让爱成为生命中不可或缺的一种力量。

01 | 一个人的相扑游戏，如此甚美

> 没关系，我明白。一切都是我的自我满足，是我一个人的相扑游戏。永远的单恋，可这对于我来说也很重要。
>
> ——《单恋》

如果在你面前，有一场没有结果的爱情，你会勇敢地去爱吗？

生而为人，我们每一个人活在这个世界上都是为了寻求爱与理想，也希望每一份爱都能够收获美满的果实。然而，在《单恋》这部作品里，东野圭吾将一段不得善终的爱情写得十分凄迷。

故事里的女主角美月是一名普通的家庭主妇，有一个几岁的孩子和喜欢她的丈夫。然而，跟其他家庭妇女不同的是，美月在思维上拥有“雌雄共体”的特征。当她与男主角中尾、哲朗在一起的时候，她的心理呈现出女性的状态；而当她跟哲朗的妻子沙子在一起的时候，却展现出一种男性的魅力。

虽然美月从小到大都强迫自己承认自己是一个女人，然而事实上无论她怎么尝试也没有办法摆脱男性的心理。就算是结婚生子以后，她依然被“雌雄同体”的思维所束缚着。

直到孩子几岁以后，美月终于忍受不了心理的折磨，决定离家出走，去过一个人的生活。为了成为一名男人，她不惜去打激素，故意弄伤声带，并且将自己的形象弄成男人的模样，自此揭开了她单恋的序幕。

如上文所说，一方面，美月内心的女性思维与中尾等男性保持着些许的暧昧；另一方面，在哲朗的妻子沙子面前，美月又变成了男性思维。也许美月也知道，不管自己是女性还是男性，她都没有办法跟其中的一个人修成正果，得到完满的爱情。

如果说，一段没有结果的爱情会让人感到无奈，那么美月的每一段爱情都终将无疾而终。正如美月的那句话：“没关系，我明白。一切都是我的自我满足，是我一个人的相扑游戏。永远的单恋，可这对于我来说也很重要。”

是的，爱情对于美月而言就像是一个人的相扑游戏，在内心僵持着的两股力量让她感到无奈，但同时也让她在一次次心动的时候得到了满足。对于美月而言，哪怕毕生的每一段感情最终都无法善终，甚至连内心的情愫都无法开口明言，但最起码她也曾经在心底默默地爱过每一个值得去爱的人。哪怕是单恋，这也是美月一生中最重要的部分。

我们不得不承认美月的勇敢。她敢爱敢恨的性格也为自己在这部作品中加分不少。反观在现实生活中，很多人由于害怕未知的未来，因而总是不敢放手去爱，甚至将自己内心汹涌的爱意强压在心底。

小卫今年已经 30 岁，依然没有找到一个合适的伴侣。不少亲朋好友都为他感到着急，然而他看上去却是一副不慌不忙的模样，甚至没有一丝想要认识异性的念头。

有一次，亲戚给小卫介绍了一个女生。然而，小卫只是跟对方吃了一顿饭以后，便以不合适为由断绝了联系。久而久之，大家也就了解了小卫喜欢单身的“习惯”。

然而，熟悉小卫的朋友都知道，虽然他平日里看似冷漠，心中却有一处柔软的地方——他所单恋的女生。也许是性格或地域等问题，女生并没有答应小卫的求爱。小卫只能将这一段纯真的爱恋埋藏在心中，就这样过了好几年。

在这几年间，很多朋友都劝小卫放弃这段感情，好好地找一个人过日子算了。然而，小卫却没有听从朋友的建议，只是一如既往默默地关心着那位女生。

相信很多人都像小卫一样，心里住着一个只能单恋，却永远不可能与其在一起的人。虽然是这样，但我们依然在心中为这个人准备了一个最珍贵的位置。也许在旁人看来，那不过是一次没有结果的坚持。然而，我们自己却知道，**其实默默地守护一份看似不可能的爱，有时候也是生活中重要的一部分。**

当你默默守候的那个人找到属于自己的幸福时，也许有人认为这对于我们而言是一件痛苦不堪的事情。但不管如何，在心中能够有这么一个牵动自己思绪的人，这对我们的人生已经有了极其重要的意义。

所以不必害怕没有结果的爱情，因为哪怕是一个人的相扑游戏，那也是我们生命中最重要的部分。

02 | 爱的尽头不是拥有，而是奉献

究竟爱一个人，可以到什么程度？究竟什么样的邂逅，可以舍命不悔？逻辑的尽头不是理性和秩序的理想国，而是我用生命奉献的爱情！

——《嫌疑人X的献身》

说起东野圭吾笔下最成熟的作品，《嫌疑人 X 的献身》的确是难以忽略的一本。有人说：一千个读者眼中，就有一千个版本的《嫌疑人 X 的献身》。有的人从中看到了精密的推理逻辑，也有人从中看到了感人肺腑的爱情，可见这部作品涉及面之广。

其实这部作品最让人动容的是数学天才石神为邻居靖子所付出的爱情与生命。在小说开始，石神以一名数学天才的形象亮相。平日沉默寡言的他下班后总是一个人待在房间里，静悄悄地探究那些无穷无尽的数学问题。

而他的邻居是一个名叫靖子的离婚女性。由于前夫富坚的尸体在海边被发现，靖子成为警方眼中的嫌疑人。但后来警察发现凶手杀人的手段十分残忍，于是开始怀疑凶手是一名男子。在调查靖子

时，一名警察突然开始怀疑住在靖子隔壁的石神。

正如石神的多年好友汤川所说：“石神绝对不会杀人，他只会用推理与公式去解决问题。他的世界里只有数学，而不会有金钱和女人。”但不巧的是，越来越多的证据指明石神就是杀人凶手。汤川也渐渐地相信了石神为了爱情而杀害靖子前夫的事实。

只是事实真相却让汤川以及一众警官吃惊不已：真正杀害前夫富坚的凶手是靖子，石神出于对靖子的爱而帮助她隐瞒了事实。为了实现这一目的，石神不惜杀害了一名流浪汉，并且将他伪造成靖子前夫尸体的模样，将所有的罪名都包揽在自己身上。

而这一切都是因为石神对靖子的爱。正如书中所写的那样：究竟爱一个人，可以到什么程度？究竟什么样的邂逅，可以舍命不悔？逻辑的尽头不是理性和秩序的理想国，而是我用生命奉献的爱情！

在《嫌疑人 X 的献身》中，东野圭吾通过石神刻画了一种成熟的恋爱观。作为东野圭吾笔下最受欢迎的角色，石神的爱不仅深沉，而且成熟。在他的世界里，**爱的尽头并不是拥有对方，而是不断地为对方奉献，直到生命的尽头**。正是这种深沉而成熟的爱，让石神收获了一众读者的青睐。

那些通过索取而得来的爱并不会长久。爱情最美好的模样在于男女双方均乐意为彼此付出所有，而且不求回报。然而，在生活中很多人的恋爱观都存在着一定的“利害关系”，这让本应该纯洁无比的爱情多了一丝杂质。要知道，在爱情中最让人感到厌恶的就是单方面的算计。

对于身边人而言，图图是一个十分友善亲切的女生。然而，在她的男友看来，一切就有所不同了。在两人的交往中，图图总是对男友有着各种要求：要给她买各种生活用品，不能跟别的女生单独交往，单独外出需要给她打报告……

一开始，男友以为图图缺乏安全感，因而凡事都满足她的要求。后来男友发现图图的占有欲越来越强，就连自己回复信息晚了几分钟也会遭到各种质问。

最后，男友实在忍无可忍，跟图图提出了分手。为了这事，图图不止一次地跟闺密抱怨，说到伤心处时更是泪流满面。然而，她不知道的是，导致分手的主要原因正是她在男友面前展示出来的强烈的占有欲。

有时候，爱情便是如此。它的魅力在于男女双方都能够将自己最好的一面交给对方，将自己最好的一切奉献给心爱的那个人。但是一旦爱情中出现了占有与算计，被玷污了的情感就将失去它的魅力，最终会被丢弃一旁。

每一段以结果为导向的爱情都终将不会长久。爱情并不如其他事物，它没有办法让人在其中寻找结果。因为婚姻不是爱情的结果，占有也不是爱情的结果，真正的爱情需要通过彼此不断地付出与奉献来让其保鲜，然后，在彼此的温存中度过甜蜜的每一天。

所以在爱情中我们不必算计结果。爱情的真正美好在于那一段彼此心灵相通、互相付出的过程。坠入爱河的我们并不需要去追寻什么结果，只需要好好地享受当下的甜蜜便已经足够。

记住，爱的尽头永远不是占有与算计，而是彼此的奉献与分享。

03 | 若你过得不幸福，我所做的一切才是徒劳

▶ 如果你过得不幸福，我所做的一切才是徒劳。

——《嫌疑人X的献身》

在《嫌疑人 X 的献身》中最让人感动的一句话是：如果你过得不幸福，我所做的一切才是徒劳。

这句话是石神被捕后所发出的感慨。他为了帮助靖子掩盖杀人的真相，不惜以身试法，帮她处理尸体。并且，他于次日杀害了一个流浪汉，将尸体伪装成靖子前夫的模样。

经过警察抽丝剥茧的调查，证实了石神就是杀害靖子前夫的凶手，并且将他抓捕。在等待法院审判的时候，汤川却发现了另一个真相：石神所杀害的并不是靖子的前夫，而是一个流浪汉。

汤川带着自己的发现，找到了石神。当石神得知自己所设下的所有谜题都被汤川一一解开后，他开始担心靖子会因此而自首。因而，东野圭吾便在书中用上面这句话记录了石神当时的心情。

不得不承认的是，石神在这件案子中充分地发挥了他精密的推算能力。若不是他的同窗汤川出现，也许谁也没有办法破解一个设

计这么精密的犯罪案件。而石神花费了那么多的心思，为的就是让靖子日后能够过得幸福。正如根据《嫌疑人 X 的献身》改编的同名电影中石神所讲的一样：“有时候一个人只要好好活着，就能够拯救另一个人。”

然而，故事的结局并不如石神所愿，靖子最终去了警察局自首。而一直以来冷静从容的石神内心情感终于爆发，他的失态与献身精神让所有人都为之动容。

其实，对于石神而言，真正让他感到悲伤的并不是自己因为犯罪而入狱，而是因为靖子的自首让他所做的一切都变成了无用功。他曾经拼尽全力守护的那个女生也因此而失去了幸福，身陷牢狱之灾。

在生活中，我们都有一心想要守护的人和物。为了让对方幸福，我们愿意倾己所有地为其付出，哪怕是自己百般委屈也在所不惜。只是生活并不会让我们事事如愿，有时候我们一厢情愿地付出以后才发现，原来对方的幸福并没有把握在我们手中。也许我们所做的一切都无法给他人带来幸福。

李球一直以来都在偷偷地暗恋着同事琳琳。然而，琳琳的心中却有另一位意中人。重要的是琳琳每次感情上遇到难题都会找“男闺密”李球帮忙。

这些年来，李球给琳琳出过不少主意，也成为他们爱情中不可缺少的跑腿者。李球一开始总是感到委屈不已。但后来看到琳琳脸上洋溢的笑容，李球心里又充满了欢喜。

有一次，琳琳因为工作太忙，没有办法给她喜欢的男生准备生日礼物。于是，琳琳向李球求助。李球本想一口回绝，然而，当他看到琳琳充满期待的目光后，却又于心不忍，答应了下来。李球到十几公里外的城市精心挑选了一双最新款的球鞋，准备让琳琳作为生日礼物送给她的意中人。

然而，就在这时李球听到了琳琳与男友分手的消息。李球抱着球鞋，埋头痛哭。大家看到李球伤心的模样，心有不解：琳琳跟男友分手了，李球不是应该感到开心才对吗？因为他又有了追求琳琳的机会。

然而，他们不知道的是，李球失声痛哭是因为他不希望看到琳琳伤心的模样。当我们爱一个人爱到极致时，难免会为对方的喜怒哀乐而感同身受，甚至更胜于自身的感受。当看到心爱的人过得并不幸福时，哪怕眼前有耀眼的曙光又有何用?

有时候，爱一个人，我们并不奢求能够拥有对方，只要看着对方的脸上洋溢着幸福的模样，也就心满意足了。于是，我们开始想方设法地给对方创造幸福。但是如果我们连为对方谋取幸福的权利都失去了，那么一切都会变得没有意义。

所以当你感受到我憧憬的目光与倾己所有的付出时，请不要害怕我难受，因为我真正害怕的是你不能幸福，害怕我这段日子里所受的委屈都成了徒劳。这才是我最不愿意看到的景象。

毕竟幸福才是爱情的唯一检验，哪怕你不属于我，我依然愿意看到你幸福的笑脸。

04 | 恨，是一种抽象的感情

▶ 就算是恨，也是一种很抽象的感情。

——《解忧杂货店》

在东野圭吾的《解忧杂货店》里有那么一个小故事：一个单亲母亲驾车跌入海中不幸身亡。她一岁大的孩子则由于浮出海面而获救。当这个孩子长大后在图书馆看到当年的报道时，断定当时母亲是想与他同归于尽。

自此，这个孩子对逝去的母亲始终心怀着一种无法言喻的恨意。正如我们开头摘取的片段一样，他对母亲的恨是没有真凭实据的。这个孩子自懂事以来从来没有见过母亲。他只是根据自己的推想对逝去的母亲产生了一种抽象的恨——这也是多年来连接他与母亲之间的唯一一种情绪。

后来，从孤儿院的朋友口中以及浪矢杂货店的回信中，这个孩子渐渐地开始了解到母亲当时的苦衷。由于生活艰辛，母亲在开车的时候晕厥了，导致车子因失控而跌落海中。随后，母亲耗尽了最后一丝力气，打开了副驾的车门，将孩子从车里推了出去。她自己却沉没在汹涌的海水中。

要知道，母亲在清醒的瞬间完全可以自行打开车门逃命，而她却选择了让孩子活下去。换句话说：母亲用自己的性命换取了孩子的未来。孩子得知真相后，内心对母亲的恨一下子就消失无踪了，只剩下那无尽的感恩。

看到这里，相信很多人都对这份浓浓的母爱感到无比感动，也会因为孩子那无缘由的恨而感到痛心。然而，这并不是只在故事里才会出现的情节，没有缘由的恨也总是在我们的生活中出现。

在全日制高中就读的陆云最近遇到了一点儿麻烦，原因是父母这两个月给他的零用钱越来越少。有好几次陆云找父母要零用钱都遭到拒绝，这让陆云感到十分难过。

后来，为了表示抗议，陆云事事都与父母对着干，上课时故意扰乱课堂，周末回家后也对父母不理不睬。有一次，爸爸实在看不过去，教训了陆云几句。没想到陆云立即反驳：“你们不就是不舍得在我身上花钱吗？我恨死你们！”

说完，陆云摔门而去，仅剩下爸爸在家里独自叹气。后来，陆云从外婆口中得知，原来父母的公司最近面临危机。企业的资金链断裂使他们不得不省吃俭用，以帮助公司渡过难关。

这时候，陆云才明白：原来自己的零花钱已经是父母一个星期的伙食费。他用来挥霍的那些钱都是父母省吃俭用存下来的血汗钱。这时候，陆云才因为他的冲动而感到后悔莫及。而此刻他对父母的恨也顿时烟消云散，心里有的只是愧疚。

生活永远是多元的。我们每个人都会有自己所需要经历的挫折与磨难。只不过尚且没有办法独立面对难题的我们总是将矛盾的源头转移到身边人的身上。像陆云一样的孩子从来就不占少数。他们由于缺乏挣钱的能力而将父母给零花钱当作理所当然。当父母给的零花钱少了时，他们心里就会产生一种莫名其妙的恨。

其实，只要我们仔细地想一想，便会发现，我们很多的所谓负面情绪都不过是自寻烦恼，事情的原委并不经得起推敲。不管是亲子关系、恋人关系，还是职场关系，我们对他人的认知都是不全面的。正是一些错误、片面的认知使得事情最终演变成了莫名的抗拒与斗争。

在这个时代，每个人的背后都有着数不尽的苦衷，每一个不尽如人意的举动都充满着艰难与无助。所以那些不明所以的恨，有时候只不过是一种片面而幼稚的认知。

多一份理解，尝试着去原谅。我们不谈辜负，让那些毫无缘由的恨在宽容与理解中淡然逝去。

05 | 那些美好的瞬间，会永远刻在你脑海里

▶ 和你在一起的时候虽然短暂，却是我至今为止人生中最美好的
▷ 时光。

——《解忧杂货店》

相信大家都不会对东野圭吾作品《解忧杂货店》里的角色浪矢雄治感到陌生。作为全部作品里不可或缺的杂货店老板，书中有一个专门的篇章去讲述他的故事。

看过作品的朋友都知道，浪矢雄治经营的杂货店与晓子创办的孤儿院支撑起了故事里的整个世界。而且，在两人之间也存在一条暗藏的且贯穿全书的故事线：浪矢与晓子两人在年轻的时候有过一段刻骨铭心的爱情。在分手后，他们将那被搁浅的爱意化作了善意，温暖着这个世界。

浪矢雄治年轻的时候是一名修车工。在一个偶然的机会他认识了晓子。这一对年轻的男女很快就坠入了爱河。然而，在那个久远的年代，门当户对是婚姻的唯一标准。这使得出身富贵的晓子与一无所有的修车工浪矢的爱情遭遇了很大的阻碍。

他们虽然曾经想过私奔，但计划最终被晓子的父亲识破。在父亲的逼迫下，晓子不得不忍痛写信与浪矢提出了分手。收到分手信后，浪矢消失了。直到三年后浪矢才把一封书信让晓子的弟弟转交给她。

信中阐述了浪矢对晓子的歉意与爱意。由于浪矢的一时冲动，差点儿毁掉了晓子富裕无忧的一生。但同时浪矢也表示三年以来，他没有一天不爱着晓子。虽然这是一段没有结果的爱情，然而过去的点点滴滴就像金光闪闪的沙子一样组成了一段美好而难以忘怀的回忆。

故事的最后，浪矢与晓子这对苦命情侣都将曾经最美好的回忆埋藏在心里，并且那些难以忘怀的瞬间不断地滋润着他们的内心。这使得他们毕生都致力于为身边的人们带来温暖，让一个个美丽的瞬间出现在其他人的生命中。

甚至在浪矢与晓子两人离世以后，他们生前所经营的杂货店与孤儿院依然能够给后人带去温暖。他们的一生丰盈且有意义。也许在生命的尽头，他们所看到的并不是当年离别时的刻骨铭心，而是这些年来他们所看到的每一副笑脸。

有人说，时间是世界上最公正的，它不会为任何人停留一分一秒；然而，时间也是最富有人情味的，它会把生活中所遭遇的大部分伤痛都洗刷掉，而留下来的全都是那些难忘的美好瞬间。

最近几年，李晓的爷爷记忆力严重衰退。但李晓并没有因此觉得太过伤心。因为每次周末回家的时候，他总是看到爷爷淳朴的笑脸。

偶尔爷孙俩在一起聊天的时候，爷爷总是跟他说起年轻时的往事。那时候，爷爷总是喜欢带着鱼叉下河捕鱼，与小伙伴们躺在草地上幻想未来。甚至爷爷偶尔还会想起当时与奶奶结识的过程，两个人在物质贫乏的时代如何相濡以沫，走到白头……

每当看到爷爷淳朴的笑容时，李晓总是会心地一笑。他知道爷爷的童年过得并不好。物质的贫乏让爷爷不得不早早地以捕鱼为生。爷爷与奶奶相识时，恰好是一个动荡的年代。然而，如今爷爷能记住的只有生命中那些最美好的瞬间，相反，那些曾经以为刻骨铭心的苦难却早已经被时光抹去了。

生活中的琐碎与痛苦总是让人感到透不过气来。然而，只要我们能够坚持下来，再回首过去时就会发现，原来那些曾以为迈不过去的坎儿，最终不过是往日时光里一块无关痛痒的拼图。而真正让我们记住的，却只有那些美好的瞬间。

在一次次的挫折下，生活让人失去了希望。然而，时光却能让我们重新燃起希望。生活不易，然而也不必气馁。你知道，时间总会让所有的伤痛失去棱角。总有一天，我们会笑着将过往的憾事说出来。那些散发着光芒的美好回忆，则会在我们的记忆中永不褪色。

所以努力生活吧，不要因为害怕失去而退缩，那些美好的瞬间是我们一生中最重要的财富。

06 | 倾我所有，只为博你一笑

> ▶ 我找到了一个梦想。可能你会笑我，我想成为白瑞德那样的人。
>
> ▷ 用尽智慧，跑遍世界，赚很多钱。把这些钱拿来给你尽情享用。比如说，就像白瑞德为郝思嘉做的事情，为了让她逃亡而准备马车。我想给你一颗大大的宝石。然后，想给你永远宁静的夜晚，和振奋人心的早晨。那个个不公平的人没有给你的东西，不管是什么我都会给你。这就是我的梦想。
>
> ——《白夜行》

众所周知，《白夜行》中的雪穗可以说是一个活在自己世界里的女人。她无论是交友抑或是结婚，一切社交活动都是为了实现自己的目的。那么，这部小说难道就没有什么值得我们去细读的吗？

答案自然是肯定的。在《白夜行》中有一条贯穿整个故事的感情线，那便是男主角桐原亮司对雪穗的感情。在故事中，雪穗所犯的罪大多是由桐原亮司为她完成的。然而，桐原亮司一味地讨好却没有感动雪穗。雪穗依然有着自己的欲望与事业，桐原亮司只是她生活中的一部分。

为了实现犯罪目标，雪穗选择了与另一个人结婚。桐原亮司则将自己比作一个幽灵。他说："我找到了一个梦想。可能你会笑我，我想成为白瑞德那样的人。用尽智慧，跑遍世界，赚很多钱。把这些钱拿来给你尽情享用。比如说，就像白瑞德为郝思嘉做的事情，为了让她逃亡而准备马车。我想给你一颗大大的宝石。然后，想给你永远宁静的夜晚，和振奋人心的早晨。那个个不公平的人没有给你的东西，不管是什么我都会给你。这就是我的梦想。"

桐原亮司的爱是卑微的，而且为了爱情他主动放弃了自己的底线与原则。在爱情的世界里，他一切都是以雪穗为中心，凡事都依着雪穗的想法去做，甚至为此不惜丢弃了尊严与原则，走上了犯罪的道路。

然而，回过头想一想，桐原亮司的爱情又何尝不是伟大的呢？有时候，我们的爱情难免会夹杂了一些自私与算计，而缺乏那种单纯的付出与奉献。也许这个世界上有一种爱情，正如桐原亮司一样，倾其所有，不过是为了对方的嫣然一笑。虽然过程也许受尽委屈，然而对于桐原亮司而言，看到雪穗的笑容时何尝又不是一种甜蜜呢？

爱情这东西就是如此奇妙。在爱情中，有时候我们想着占有，有时候我们寻找依靠，但更多的时候我们所渴求的不过是对方的一个微笑。

在我们身边也会有这样的故事：素秋喜欢上了一位男孩，然而，这位男孩对这段爱情却始终不太在乎。男孩偶尔闲得无聊的时候就去找素秋一起到处逛逛，一忙起来就完全忘记了素秋的存在。

转眼间，素秋已经到了谈婚论嫁的年纪。然而，那位男孩仿佛对此始终没有任何表示。很多朋友都劝素秋赶紧与男孩分手，好重新开始自己的生活，寻找属于她的幸福。只是素秋并没有太在意朋友的劝告，反而一心一意地跟男孩过上了同居生活。

后来，那位男孩喜欢上了另一个女生，将素秋赶出了家门。于是，朋友们开始给素秋介绍各种各样的男孩，但素秋都一一婉拒。一年后，那位男孩来找素秋，并且想跟她重归于好。让人惊讶的是素秋竟然答应了男孩的请求，这让所有人都感到不解。

在生活中，我们经常遇到这种情况。有的人明明深陷于不适合自己的爱情，却乐在其中而不知疲倦。其实，对于他们而言，幸福并不是拥有，而是奉献。倾其所有，仅换来对方的一个微笑，在人们看来，这也许是一件很傻的事情，然而，这一切的意义只有当事人知道。

张爱玲曾经说过：喜欢一个人，会卑微到尘埃里，然后开出花来。如果在喜欢的人面前，不曾卑微得倾尽所有，那么我们又如何能够等到那一株绚烂的鲜花美丽绽放呢？

也许这就是爱情应有的模样：倾尽所有，博取你的一笑。也许我们会渐行渐远，也许我们会受尽委屈，然而，这也是我们追求美好的必经之路。

07 | 若是真爱，就该情不自禁

▶ 假若真心相爱，绝对会情不自禁。

——《放学后》

在《放学后》这部作品里，对长辈懵懂的青春情愫可以说是一大亮点。惠子对前岛老师的依赖、情窦初开的叛逆少女阳子对老师的爱慕等情节，都能让人瞬间回忆起曾经的青春情怀。

而在这部作品里，有一条隐藏在凶杀案里的感情线也一直被读者们津津乐道：村桥老师与麻生恭子之间存在着情侣关系，然而，他们将这段关系藏得很好，以致村桥老师被害后才被故事的主人公前岛老师发现。

本来村桥老师被害一案已经在警察的调查过程中渐渐地失去了线索，但两人感情线的出现让这宗案子又重新出现了曙光。前岛老师对此是这样想的：如果村桥老师与麻生恭子之间感情深厚，那么村桥老师遇害后麻生恭子就不应该是若无其事的模样。她脸上的平静是悲伤的人无法伪装的。

于是，前岛老师开始有意识地收集麻生恭子的信息，并且想起了此前麻生恭子玩弄朋友感情的事情。最终，前岛老师认为麻生恭子并不是真的爱村桥老师，他们之间很可能发生了一些事情。这些便成为麻生恭子杀害村桥老师的原因。

前岛老师的推想让案件出现了新的曙光，警察也从这个推想中找到了新的侦查方向。虽然麻生恭子并不是杀害村桥老师的元凶，然而警察却从她身上找到了新的信息。

这条被隐藏在凶杀案里的感情线可以说是剧情的转折点，而且东野圭吾在此设置这条感情线也存在着严谨的合理性。正如在《放学后》中有那么一句话："假若真心相爱，绝对会情不自禁。"

我们每个人都是拥有丰富情感的生物。在很多时候，我们都没有办法很好地控制自己的情绪。尤其是在爱情来袭时，我们在生活中会不经意地透露出一种甜蜜的感觉。

在面对喜欢的人时，我们的身心都会不由自主地不受控制。紧张、焦虑、兴奋等复杂的情绪让我们变得笨拙，但同时也是这种笨拙与憨厚最能让对方感到真挚与踏实。同样的道理，当我们看到喜欢的人在自己面前一副笨拙的模样时，就能够感受到爱情来临的味道。

举个例子：巧巧到了谈婚论嫁的年龄，然而，她却一直没有找到男朋友。其实，她的条件并不算差，甚至比起身边人还要好上一点，因为她身边有不少的追求者。让巧巧颇感为难的是身边有太多的追求者，以致她不知道应该挑选哪一个。

在众多的追求者中，有一个看上去十分笨拙的男生。虽然他在客户面前是一个能言善辩的销售经理，然而在巧巧面前他说话总是结结巴巴的。这让巧巧感到十分奇怪。

有一次，在逛街的时候，这位男生不止一次地欲言又止，这让巧巧感觉到了他的异样。过了良久，这位男生停下脚步，好不容易支支吾吾地鼓起了勇气跟巧巧表白。这时候巧巧看到男生憨厚紧张的神情，不经意间感到心潮汹涌，于是答应了他的求爱。

在这个故事中，我们看到男生笨拙的表现非但没有减分，反而赢得了女生的青睐。毕竟在真正的爱情来临时，无论平日我们是如何的高冷从容，但始终都抵挡不住爱情所带给我们的情不自禁。

也许我们会在某个与他相处的时刻，不经意地将心中那些本想掩藏的情愫说出；也许我们想着如何在他面前保持一个良好的形象，但是最后展现出来的却是一阵手忙脚乱；也许我们曾经想过在对方面前保持矜持，但后来却经不住内心爱情的汹涌……

这一切的一切都会化作我们的表现，毕竟若是真心相爱，又怎么会不情不自禁？我们谁也没有办法去阻挡一抹不由自主的微笑、一阵狼狈的手忙脚乱，因为这正是爱情的味道。

08 | 平凡的爱，品味爱的趣味

▶ 只希望能手牵手在太阳下散步。

——《白夜行》

也许在读者看来，《白夜行》里男主角的爱情总是那么悲惨。在这段爱情中，他把自己放在了卑微的地方，然后放弃一切去伴随雪穗。

雪穗为了满足自己人性中的恶，精心设计了无数的犯罪手法，并且对身边的人都一一实施了性侵。事实上，真正帮助雪穗实施犯罪的却是桐原亮司。

很多人并不明白，桐原亮司为什么会心甘情愿地放弃自己的生活，帮助雪穗犯罪。也许他是对父亲所作所为的一种救赎，或者是对雪穗单纯付出的爱情。

在书里有这么一句话：只希望能手牵手在太阳下散步。想来桐原亮司为雪穗做了那么多事情，内心所希望的也只是跟她开展一段平凡而简单的爱情。

遗憾的是雪穗并没有追逐平凡爱情的欲望。对于她而言，在被母亲卖给那些有恋童癖的大叔时，她的生活价值观便已经产生了翻天覆地的变化。她所追求的也许不过是一次次报复性的快感，而平凡对于她而言不过是一种奢望。

就像购物一样，当我们存了一大笔钱，买了一个奢侈品后，就会发现真正让我们感到快乐的，并不是那奢侈品，而是花钱本身。因此，我们便不断地通过花钱来换取快感，甚至会因此成瘾。爱情也一样，雪穗所追求的并不是爱情的长久，而是一次次实现犯罪目的的快感。而桐原亮司也只能够一次次地满足她追求的快感，而将自己放在最卑微的角落里。

爱情之所以拥有无穷的魅力，也许就是因为爱情在每一个人眼中都不一样：有些人眼中的爱情轰轰烈烈，也有些人眼中的爱情甜蜜动人，有些人在爱情中受尽了委屈，也有些人在爱情中遍体鳞伤。

然而，不管是怎样的爱情，它最终还是要回归平淡。在平凡的日子中，享受着甜蜜爱情的细水长流，这才是爱情始终保持新鲜的秘密。很多人想追求一份平凡的爱情，然而，事实却让他们始终无法如愿。尤其是在这个物欲横流的时代，平淡的爱情已经成为一种奢侈。

阿维是一个普通的农村男孩。他拥有不错的学历，在城市里拥有一份高薪稳定的工作。他从来没有想去更大的城市发展。对于他而言，他追求的就是眼前的平凡生活。

阿维认识了一个女孩。两人的感情飞速升温，一个月后便确定了关系。这本来是一件值得高兴的事情，然而阿维却对这段爱情感到无比的痛苦。

一方面，女孩拥有极其强烈的事业心，每天把大部分时间都放在了工作上，剩下陪伴阿维的时间少之又少；另一方面，女孩总想跟阿维去大城市发展，通过努力在大城市安家。然而，这一切都不是阿维想要的生活。

其实，阿维想要的生活很简单：两人为了家庭而奋斗，每天有充足的时间来彼此陪伴，守护这个得来不易的家庭。然而，女生的追求与阿维不同。这让总是迁就女生的阿维感到异常痛苦。

后来，身心疲惫的阿维主动结束了这段感情，但他的做法却引起了女生的不满。在女生看来，阿维就是一个安于现状且没有上进心的人。然而，事实真的是这样吗?

对于阿维来说，他所期盼的并不是事业上的成就，只是希望能过上平凡优雅的生活，得到一份简单朴素的爱情。这对于那个女生而言，也许是不求上进的表现，但在阿维看来却是一份无比完美的爱情。

每个人对待爱情的方式都会有所不同，但无论多么轰轰烈烈的爱情都终将会回到平凡。在爱情中，人们之所以会感到痛苦，只是因为有的人已经走过了一段繁花似锦的道路，而有的人还在路口期许着一场轰轰烈烈的爱情。

当我们静下心来以后便会发现，原来平淡的爱情也是一种美。也许会平淡，也许会乏味，然而哪怕是最平凡的爱，也能开出绚烂的花朵。毕竟拥有平淡的爱，才能够细细品味爱情的趣味。

09 | 爱她就让她离去

▶ 我把房门上锁，并非为了不让她进去，而是为了防止自己逃到她

▷ 身边。

——《宿命》

在东野圭吾的作品中，除了逻辑紧密的推理以外，其对于爱情的刻画也是入木三分。在他的作品中总是能够看到不一样的爱情：有时候是日日夜夜的陪伴，有时候是非你不可的固执，也有时候是心怀成全的忍痛放手……

小说《宿命》给我们刻画了一条让人难以忘怀的感情线。作为一对彼此仇视的宿敌，勇作与晃彦在一宗凶杀案中重遇。让勇作感到痛心的是，那个曾经让自己魂牵梦萦的初恋女友美佐子，如今已经嫁给了宿敌晃彦。

初恋女友成为宿敌的妻子，勇作应该如何处理这段纠缠不清的感情呢？勇作重遇曾经心仪的女子，不止一次地想要亲近她。然而，一想到女子已经嫁为人妇，勇作便强忍着内心的冲动，任由自己深陷于思念与痛苦的泥潭。

在小说中，东野圭吾用了一句话来形容勇作的心情：我把房门上锁，并非为了不让她进去，而是为了防止自己逃到她身边。其实，在生活中，我们每一个人在面对一段求而不得的感情时，都是如此。

要知道，生活中没有人会无缘无故地关上心房，也没有人会无缘无故地将一段美好的爱情遗弃。每一次将心门上锁，也许不过是因为心里已经失去了希望，与其在求而不得的痛苦中沉沦，倒不如狠下心来隔断彼此的联系，给对方一份自由。

黄源在 30 岁时遇到了心仪的女子。两人相爱以后，黄源便有了向对方求婚的念头。然而，让黄源感到无奈的是对方好像并没有跟他结婚的意愿。黄源决定跟对方摊牌，把事情说清楚。让黄源感到伤心的是对方在跟他谈恋爱的同时，也跟另一个男子纠缠不清。女子深陷于两个男生的爱慕中，同样感到两难。

这时候，黄源决定与对方断绝联系，让对方投入另一名男子的怀抱。黄源的举动让身边的人都吃惊不已。一方面，两人有着深厚的感情基础，黄源贸然放弃未免过于轻率。另一方面，黄源年龄不小了，现在却放弃了一段大好的姻缘。

不仅亲友们对这件事感到可惜，就连黄源也对此感到痛心不已，毕竟亲手割断一段感情并不是一件容易的事情。虽然黄源表面上装作若无其事，但是每到夜深人静的时候，也会忍不住回想起那段感情，并且强力忍住与对方联系的冲动。

对于这段感情而言，黄源是最大的输家。然而，他的放手却成全了另一对情侣，让那位女子不必再处于进退两难的境地。后来，黄源删掉了跟她所有的联系方式。对于黄源而言，这是控制自己不去找她的唯一方法。

没有谁会比当事人更清楚地知道，割断一段感情是多么的痛苦。然而，在生活中，我们却能够看到许多人因为各种原因而刻意地关上了心门。其实，那并不是意味着我们不爱了，而是因为爱才会不断地克制自己。

是的，成年人的爱都是克制的，不是年轻人的义无反顾，也不是学生时期的不顾一切。我们在付出爱的同时，也开始渐渐地学会顾及对方的感受。如果对方不爱了，那么成熟的伴侣往往都会选择放手。

因为长大以后的我们都知道，有时候爱并不是拥有，而是一种痛彻心扉的割舍。把心门关上，然后目送对方走向新的生活，也许这是一种痛，但这也是我们给予对方最后的爱。

所以如果对方不爱了，不管我们如何深情地爱着对方，也要勇于放手让她离去。毕竟爱情是两相情愿的，而不是强求就能够找到的美好。何不尝试着放过自己和对方，让彼此都朝着新的生活进发？

10 | 喜欢的人能够好好活着，即便面对死亡也看到了未来

只要想到你能活下去，即便在现在这一瞬间，我也已经感受到了未来。确信自己喜欢的人能够好好地活着，即便面对死亡，也看到了未来。对你父亲来说，你母亲就是未来。人不论在什么时候都会感受到未来。无论是怎样短暂的一个瞬间，只要有活着的感觉，就有未来。

——《时生》

说起东野圭吾笔下温情的作品，大家都会想到《解忧杂货店》，想起浪矢雄治的善良与温暖。然而，在东野圭吾的作品中还有另外一部讲述温暖亲情的佳作——《时生》。

《时生》这部作品并没有宏大的情节，只不过讲述了一个简单的故事：一个患有不治之症的孩子穿越到 20 年前，拯救了那个浑浑噩噩并且对未来完全失去信心的父亲拓实先生，然后帮助他与自己的母亲相遇相爱。

然而，现实生活中的时生却因为身患不治之症而即将失去生命，

但是他因为父母的存在而减轻了对死亡的恐惧。他知道，自己已经命不久矣，只是他依然能够感受到自己的未来：只要想到你能活下去，即便在现在这一瞬间，我也已经感受到了未来。当时生确信自己喜欢的人能够好好地活着时，即便自己面对死亡，也看到了美好的未来。

是的，只要时生能够想象到父母因为自己的存在而变得更加相爱，那么他便觉得往世上走一趟的决定是正确的。虽然时生在短短的一生中承受了太多的病痛，然而他并不后悔。因为他从自己所爱的父母身上看到了未来。

一个人的一生中有三次死亡：第一次是当生命体征消失以后，那是生理上的死亡；第二次是当死亡消息公布以后，那是社交上的死亡；第三次是世上最亲密的人全都离世，整个世界上再也没有人记住我们，这才是真正意义上的死亡。从某一个角度来看，一个人的消亡并不是源自他的死亡，而是源于他在这个世界上再也没有任何值得牵挂的人。

所以当我们想到自己死去以后，我们在乎的那些人依然会好好地生活下去，那么死亡与失败也许并不可怕。试想一下：在一个重要的派对上，我们由于中途有事需要离去。也许这会让大家感到扫兴，而必须离去的我们也会感到不舍。但是当我们想到，我们离去以后大家依然会快乐地玩耍，那么离别也就没有我们想象中的那么可怕。

从前，有这么一位老人。他一辈子没念过书，但这丝毫不影响他去实现让所有人都能读书学习的梦想。他 74 岁时回到了家乡。当看到小孩子也不得不下地干活时，他突然觉得心里隐隐作痛。每当谈起这件事时，他都会说：“孩子们不上学不行啊！难道让家乡一辈辈穷下去？”

于是，这位老人在本应颐养天年的年纪重操故业，并且将自己蹬三轮赚来的 35 万元悉数捐给贫困学生。据统计，受到老人捐赠的贫困学生超过 300 人。他们每一个孩子都因为这位老人的存在而完成了自己的求学梦。

这位老人名叫白方礼。他在生命的最后时刻，将饭盒里装着的 500 元钱交给学校老师，并且留下了这句话：“我干不动了，以后可能不能再捐了，这是我最后一笔钱。”虽然他的一生贫困潦倒，但是帮助无数的孩子完成了他们的求学梦。也许这就是白方礼老人对家乡的善意，或者他早已把家乡的孩子们当作他最重要的人。

白方礼的故事让无数人为之动容。想来这位慈祥的老人在生命最后的时光里，也许并不孤寂。在他的生命中，有无数正在茁壮成长的孩子传承着他的精神，也有无数受过他帮助的年轻人在肩负起社会发展的重任。白方礼老人若是在九泉之下看到自己在意的那些孩子茁壮地成长，这也许是对他最好的安慰吧。

要知道，不管是死亡还是失败，这在我们的生命中总是不可避免的。然而，无论生活中发生了什么事情，只要我们相信未来依然会如期而至，那么再大的困难在我们面前也会变得不值一提。

因为**只要想到那些我们在意、喜欢的人依然拥有幸福的能力，我们的人生就变得有意义。**就算死亡来临，也无法把我们击败。

Chapter 04

与蠢蠢欲动的魔鬼斗争到最后一刻

在生活中，我们需要面对无数的难题。最难以战胜的便是我们内心的魔鬼。无论何时，那些怂恿我们的魔鬼总是在蠢蠢欲动。只要我们稍一松懈，魔鬼便会占据我们的意识，驱使我们做出一些出格的事情。而我们需要做的便是与那些魔鬼一般的恶念斗争到底。

01 | 构建坚实的精神与物质支撑

▶ 梦总是突然醒的，就像泡沫一般，越吹越大，最后啪地破灭，什么也没有，除了空虚。没有脚踏实地地建立起来的东西，就无法形成精神和物质上的支撑。

——《时生》

看过《时生》的读者都知道，时生的存在贯穿了整部小说。虽然他是格雷戈里综合征患者，日后的生命将会短暂且缺少质量。然而，他却利用短短的一生帮助年轻时的父母走出了生活的阴霾，温暖了他们的人生。

时生的父亲拓实先生年轻时好高骛远，总是幻想着日后能够飞黄腾达。然而，拓实为人浮躁，而且吊儿郎当。他在寻找千鹤时，不仅不听劝告，还武断专横，最终不仅误了事情，还伤害了他人。

如果不是时生的出现，也许拓实先生的人生将会变得一片灰暗。尤其是当看到自己处处不如人的现实时，他开始自暴自弃。当年的好高骛远最终成为导致他懈怠颓废的源头。

正如小说里写的一样：“梦总是突然醒的，就像泡沫一般，越吹越大，最后啪地破灭，什么也没有，除了空虚。没有脚踏实地地建立起来的东西，就无法形成精神和物质上的支撑。”

有时候，年少的我们总会做一些不切实际的梦。然而，随着我们逐渐长大，那些美好的憧憬在生活日渐繁重的压力下会突然破裂，本来丰富的精神世界亦会因此变得空虚。而拓实先生正是如此。本想着日后飞黄腾达的他，在一次次生活的挫败中突然发现，自己其实一直以来都在做着一个不切实际的梦。如今梦破碎了以后他才发现，原来自己不过是生活中最普通的人，在最普通的生活里做着最不切实际的梦。

还好，在拓实先生成长的过程中，从 20 年后穿越回来的时生一直带着感恩的心用语言与行动来改变拓实。他期望父亲能够振作起来，带着对生活的希望将自己生下来，让自己能够在这个世界走一趟。

也许时生的努力在拓实先生心里埋下了一颗希望的种子，待到时生出生那年，拓实先生已经成功组建了家庭，并且成为家庭的中流砥柱。

我们每个人在成长过程中都有自己的梦想，然而，要实现梦想并不是一件简单的事情。比如，拓实先生虽然有飞黄腾达的宏大梦想，但如果光有想法而不行动，那么再宏大的梦想也不过是黄粱一梦罢了。

要知道，**每一个梦想都是遥远的，需要我们一步步地勇敢前行，越过无数的障碍与挫折方能够到达终点**。在这个过程中，如果没有坚实的物质支持与坚定的精神信仰，哪怕是待到时光远去，也不过是一个被尘封的美梦罢了。

本本是美术学院的一名尖子生。他酷爱画画，并且跟所有同学一样希望日后能够成为一名美术家。然而，让大家大失所望的是，毕业后他没有像其他同学一样选择美术方面的职业，而是凭着优异成绩当上了一家设计公司的设计经理。

在大家都选择从事绘画时，本本的选择的确有点儿格格不入，但是他并没有后悔自己的选择。虽然他平日的工作十分繁忙，而且跟美术专业并不契合，但是他通过努力，事业平步青云。

几年过去了，那些选择绘画专业的同学只能够勉强维持温饱，而本本则已经积累了大量的人脉，并创办了自己的漫画工作室。许多曾经嘲笑他的同学都因为生活压力而转投到本本的公司，本本一下子成为同学眼中的成功人士。

从故事里我们可以看到，如果光有一腔热血与有勇无谋的热情，我们追梦的路上注定会遇到许多难题。梦想的实现是以现实为基础的。我们追求梦想，首先要拥有坚实的物质基础与精神基础，如此才能增加梦想实现的概率。

所以，与其在一无所有时空做白日梦，还不如踏踏实实地经营好自己的生活，然后，以优雅的姿态去追求内心的梦想。

02 | 人性中的恶意让人寒毛凛凛

人性中的恶意：贪婪、嫉妒……真是十分可怕的负面能量，让人寒毛凛凛。

——《恶意》

读东野圭吾的小说时，总会有一种如此的感觉：我们能够读懂每一场凶杀案，可是却没有办法理解里面所蕴含的人性。正如我们从小说《恶意》中截取的片段一样：人性中的恶意，有时候的确可以让人寒毛凛凛。

作家日高在出国前的一个晚上在家中被杀。负责这宗案件的加贺警官在一连串的抽丝剥茧后发现，杀害日高的凶手很可能便是他昔日的同窗好友野野口修。面对这一宗蓄谋已久的凶案，加贺警官感受到了人性中最负面、最黑暗的恶意。

那么，究竟是什么让野野口修决心杀死自己最好的朋友呢？野野口修给出的答案是这样的：由于日高掌握了野野口修的一些把柄，并且威胁他给自己当影子作家。日高长年累月地剥削野野口修，这让野野口修感到了万分委屈。于是，野野口修谋划了许久，杀死了日高。

可事实是这样吗？加贺警官调查发现，事实并非如此。野野口修费尽心思地编出了“影子作家”的故事，实际上只是想让日高在死后身败名裂，从而满足他内心那蠢蠢欲动的恶意。让加贺警官不明白的是，为什么这对昔日最好的朋友竟然会落得如此结果？野野口修又是因何对日高产生如此强烈的恨意？

经过调查，加贺警官发现，野野口修对日高的恨竟然是源自日高对他的好：他恨日高为人善良，恨日高几十年如一日地给自己保密那些不堪的过往；恨日高抢先实现了自己成为作家的理想；恨他给自己介绍童书编辑，帮助自己实现理想……

这是一个让人脊背发凉的故事。凶手真正的杀人动机源自他内心的嫉妒与欲望。被嫉妒扭曲的心理让他杀害了昔日的同窗，并且他自己也因为机关算尽而身败名裂。

嫉妒就像一个深不见底的深渊，一旦踏入便再也无法回头。然而，读完这本书后我们发现，真正让我们感到恐慌的并不是野野口修那令人发指的罪行，而是我们在自己的过往中仿佛也曾经见过这种人性扭曲的恶意。

相信每个人在生活中都曾经感受到自己内心的嫉妒，而且真正让我们感到嫉妒的并不是电视、网络上的那些成功人士，而是当身边的人都过得比我们好的时候，我们内心的嫉妒才会因此而生。我们可以对身价百万的成功人士无比崇拜，可是当身边的朋友加薪升职时心里却隐隐约约地感到不爽。甚至当我们看到朋友遭遇困难的时候，心里也会产生一种难以言喻的快感。

不知道从什么时候开始，嫉妒变成了我们人性中最可怕、最不可磨灭的恶意。

在现实生活中有这么一个家庭，哥哥与弟弟都十分聪明。但由于哥哥看上去比弟弟更加清秀帅气，因而大家的关注点都落在了哥哥身上，而弟弟则一直活在哥哥的光环下。

长久如此，弟弟对哥哥产生了不可磨灭的嫉妒心理，从而将哥哥看成了他生活中的假想敌：在考试前的一天，弟弟偷偷从哥哥的书包里拿走了铅笔盒，并且将它藏在房间的角落里；看到哥哥与别的女生走得近，弟弟就马上想方设法在校园里传播关于他“早恋”的传闻……

然而，弟弟的嫉妒并没有因此而得逞。由于嫉妒，弟弟的成绩一落千丈，而哥哥却保持了年级前十的成绩，并考上了重点大学。看着哥哥获得的成就以及亲戚朋友们的夸奖，弟弟开始自暴自弃，并且在沮丧中放弃了高考，渐渐地成为人们眼中的坏孩子。

在弟弟看来，自己没有考上大学完全是哥哥的错。如果没有哥哥的光环，也许他便能够过得如鱼得水。他觉得正是哥哥的出现，将自己的生活弄得一团糟。

然而，事实上这一切都与哥哥无关。把弟弟的生活弄得一团糟的主要原因还是源自弟弟内心的嫉妒以及眼界的狭隘。嫉妒就像一堵墙挡住了你的视野。当你的目光完全锁定在他人身上时，你的生活就会变得狭隘。在一次次与他人的对比中，你会因此变得疲惫不堪，甚至心生恨意。

实际上，我们每个人都会心怀嫉妒。我们没有办法去化解内心中这些与生俱来的恶意，然而，我们却可以尝试着用奋斗与努力来化解它们。人性中的恶意除了给我们带来无穷无尽的烦恼外，无法给我们的生活带来任何正面的改变。所以与其让恶意泛滥，还不如将恶意转化为动力。

渴望的，便努力争取；嫉妒的，便取其精华，学为己用。毕竟那些比我们更加成功的人背后一定有某些不为人知的付出和努力。一步一步地努力，然后，在奋斗中慢慢地肯定自己。不要去嫉妒，也不必妄自菲薄，因为奋力前行就是我们到达彼岸的最好途径。

03 | 痛并快乐其实很难

▶ 痛苦的时候假装快乐是很困难，但快乐的时候要假装痛苦却还
▷ 好办。

——《恶意》

在东野圭吾的小说《恶意》中，有这么一个情节：日高被害后陷入“影子作家”的舆论。日高是全日本屈指可数的畅销书作家，“找代笔”的舆论严重影响了日高遗孀理惠的生活。除了面对读者们的投诉外，理惠还要面对各种索赔。

因此，在与加贺警官的对话中，她想方设法去证明日高的作品并非他人所写，而是他呕心沥血地创作的成果。其中，理惠提到了这么一个细节：日高在创作《萤火虫》时，她是责任编辑。两个人在交流时，理惠总能够感受到他在创作时遭遇瓶颈的痛苦。

然而，听了理惠的话以后，加贺警官第一时间想到的是：在痛苦的时候，假装快乐是一件难事，而在快乐的时候假装痛苦仿佛并没有那么难。

是的，在生活中，我们总能够很好地控制自己快乐的情绪。但

面对负面情绪时，我们却仿佛总是无计可施。回想我们过去生活里的每一个瞬间，真正让我们感到对这个世界无能为力的是，在痛苦莫名的时候，生活总是有一万种方法强迫我们去微笑。

含着泪的微笑总是如此痛彻心扉，发人深省。我们可以在生活中轻易地伪装失意、伪装痛惜。可是，当我们需要伪装快乐的时候，却仿佛要耗尽全身所有的力气。说到底，平凡如你我之人，很多时候并不知道如何去平衡痛苦与快乐，让自己活得更加舒心。

对于李先生而言，地铁站是他唯一能够休息的地方。他是一名普通的企业中层干部，同时也是家庭的顶梁柱。每天起床后，他需要面对很多难题，孩子的任性，父母的衰老，还有工作上那无穷无尽的问题。

不知道从什么时候开始，微笑再也不是他内心喜悦的表现，而成了他面对困难时的面具。每天到公司，他必须微笑着面对烦人的上司。在下属的不理解中，他也必须时刻保持微笑。已经步入中年的他十分明白，微笑是他在残酷的生活中仅存的遮羞布。在生活的纷扰中保持微笑，仿佛成了他唯一的生活技能。

坐在地铁上，李先生望着空无一人的车厢，他终究可以放下微笑的面具，让无助与焦虑形于色：一小时前，他接到家里打来的电话，孩子放学回家后一直高烧不退。当他要赶回家时，领导给他派了一个临时任务。李先生不得不让妻子先送孩子到医院，自己则留在办公室里加班。

等李先生回到家时，孩子已经退了烧在床上熟睡。看着熟睡的孩子，李先生的内心一阵内疚。然而，他并不能表现出失落，因为在家中他是妻子的丈夫，是孩子的父亲，是父母的孩子，他只能在痛苦的时候努力地假装若无其事，假装微笑。

疲惫，是伪装的代价。我们每个人都想让快乐凌驾于痛苦之上。可是，我们都知道：假装的快乐，并没有办法让我们忘记痛苦。

我想，每一个步入社会的人都会明白生活的不易。生活教会我们的不仅仅是努力上进，还有很多关于长大与成熟的事情。以前我们总是跟父母说钱不够花，而如今我们哪怕负债累累，却不得不忍受着痛苦告诉父母：我们很好。以前我们遇到委屈总是大吵大闹，唯恐天下不乱，而如今我们在社会上总是强忍着委屈，告诉自己：只要坚持一下，便能迎来曙光。

不知道从什么时候开始，伪装成了社会人的通病，也成了我们生活的一种方式。

其实，如果不是出于忧虑，谁又会甘于伪装。我们总是担心负面的情绪会影响别人对我们的印象，也担心会影响亲人的情绪。所以我们开始学着伪装自己，想让自己成为他人眼中最乐天、最积极向上的存在。

不过，生活不应该只有拘束，痛并快乐并不是一件简单的事情。

既然如此，我们何不给自己一点儿独立的时间，去认真地追求一份简单一点儿的生活。难过的时候就独自哭泣，开心的时候就放声大笑。快乐的时候，不必心怀拘束，用伪装去掩盖快乐；难过的时候也不必强颜欢笑，无须用坚强去捍卫尊严。

给心灵一个栖息的地方，让我们在生活中能够更好地对抗迎面而来的困难。要知道，让生活中的某一瞬间始终保持着真挚单纯，那也是一件十分伟大的事情。

04 | 弱者更张扬

▶ 我是很弱的人。为了掩饰这一点，我才稍微张扬一些而已。

——《悖论13》

如果世界突然崩塌，全世界只剩下 13 个人，而且，接下来他们还需要面对接连而至的天灾，那么，他们应该怎么面对呢？这便是东野圭吾所写的《悖论 13》开头的剧情。很多人都以为这是一部单纯的科幻小说，可实际上东野圭吾给我们带来的却是一部将人性展现无遗的经典作品。

在面对看不见的未来时，绝望成为每一个幸存者内心的唯一感受。而这时候，他们带着不同的个性，在剩余的时间里上演了一幕人性争斗的剧情。相信看过这部作品的读者定然对诚哉的那句台词感到十分熟悉：“我是很弱的人。为了掩饰这一点，我才稍微张扬一些而已。”

其实，在故事中不只诚哉有这样的想法，每一个人在面对绝望时也只能故作张扬，以此掩盖内心的脆弱。在生活中，我们也经常会遇到这样的情况：因为不懂得怎么沟通，凡事都胡说一通；专业水平不足，但总是跟人说起这方面的事情；明明平日里孤独透顶，却总是想让人看到自己高朋满座的一面；甚至有些明星为了弥补学历的不足，不惜铤而走险，伪造学历……

如果一个人总是炫耀什么，就说明他内心缺少什么。心理学告诉我们，一个人因为自卑，所以才会特别在意这方面的事情，因为无法深入探讨，所以才会浮于表面地不断吹嘘。真正的有钱人并不会炫耀财富，因为财富不过是他们生活中用之不竭的资源。而那些故作张扬的人无非是源自一种对财富的渴求。真正好看的人也不会去炫耀自己的美貌。而那些大肆吹嘘颜值的人不过是想让别人注意自己。同样的道理，真正聪明的人不会刻意地显露自己的才智；真正诚实的人不会将诚信挂在嘴边；真正有梦想的人也不会大肆地渲染他的抱负多么远大……

卡耐基曾经讲过这么一个故事：有一个女青年平日并不注重维护自己的婚姻，因而结婚不久丈夫便离她而去。这一段短暂的婚姻成为这位女青年心头的遗憾。然而，她身边所有的朋友都拥有一个看似不错的家庭。有的人嫁给了一个疼惜自己的丈夫，也有的家庭围着那个惹人疼爱的孩子生活……

久而久之，这位女青年渐渐地开始在旁人面前吹嘘自己的幸福。她总是告诉身边的人自己虽然离婚了，但并不代表她失去了魅力。这么多年来，一直都有一名绅士在追求她。两人一直在谈恋爱，生活过得十分美满。

事实上，过分的张扬会让我们日渐远离生活，甚至会让谎言掩盖自己本来的样子。就像这位女青年，每当碰到外人，她便不断地通过张扬与夸大来平衡自己的心理落差。于是，她不断地炫耀自己的幸福。久而久之，她便沉浸于自己编织的喜悦中，失去了在现实生活中追求幸福的能力……

在生活中，也许我们都会遇到不同的麻烦。很多时候那些挫折与麻烦总是会毫无缘由地出现在我们的生活中，然而，这并不是我们故意张扬的理由。事实上，在看到自己的不足以后，我们更应该正视自己的生活，并通过改变去寻找一种更加合理的方式来经营自己的生活。比如，故事中的女青年完全可以走出离婚的阴影，承认自己的不足，并且努力提升自我，而不是一味地通过炫耀来弥补自己的心理落差，导致自己在错误的生活轨道上越走越远。

我们没有办法占有一切财富与智慧，也不能保证自己永远是最优秀的一员。当我们发现自己的不足时，最正确的做法是默默地提高自己，然后等待厚积薄发的那一天，而不是一味地炫耀与张扬，因为这是弱者才会做的事情。

只有弱者才会张扬，因为他们要用语言来掩饰内心的脆弱。但事实上，没有任何困难会被张扬击溃。我们所炫耀的那些只不过是给自己描绘的一个充满安慰的假象。真正的强者在面对困难时并不会如此张扬。他们会承认自己的不足，然后下决心提升自我，而不是在一次次的张扬中获得内心的满足。

所以不要张扬地炫耀，那是弱者的行为。

05 | 你为何讨厌说真话的人

▶ 软弱的人总是怕被说穿事实，而且讨厌说真话的人。

——《变身》

如果可以选择，你宁愿活在虚幻的乌托邦中，还是活在真实琐碎的平凡生活中？

《变身》这部作品通过一个大脑移植的成功案例，刻画了一个普通人在进行大脑移植后，面临的两难选择：他可以选择安逸地留在医院里过着无忧的生活，也可以通过治疗去寻回过去的记忆……

这位叫纯一的普通人选择了治疗。他渐渐地记起了女友与自己画画的爱好。随着时间推移，纯一开始让自己努力地融入现在的生活。然而，事实上自从开始治疗，他的性情就变得越来越暴躁。他想找到其中的原因，但是一连串的变化又让他止步不前。

其实，东野圭吾在这部作品中融入了许多人性的弱点。比如，东野圭吾勾勒出了人性在真相面前的渺小。每个人都在追求真相与恐惧真相之间徘徊。

是的，很多人都想找到生活的真相。然而，事实上真相却会让人感到恐惧。尤其是那些软弱的人，他们宁可沉浸在自己的幻想或是他人勾勒的蓝图中，也不愿意戳破事实。因为他们知道，事实永远是残酷的，而眼前的幻想是安逸的。

其实，我们每个人对那些说真话的人都或多或少地感到不满。我们不妨回想一下：在职场上，当领导描绘美好愿景的时候，那些提出问题的人是否会让大家感到扫兴；在生活中，当朋友无意间说出了你不爱听的话，哪怕那是事实，你也会为此不高兴。

其实，我们总是如此害怕接触真相，讨厌说真话的人，是因为我们内心都有懦弱的一面。那些说真话的人，总是道出我们心里的苟且，让我们不得不暴露在残酷的现实中。

在奥威尔的著名小说《1984》里就曾经讲过这么一个故事：温斯顿是一个帮国家制造历史的工作人员。因为这个国度凝聚人心的方式是通过不断地伪造历史来调整国民的心态。

不巧的是，生存在这个国家的大多数人都喜欢沉浸在国家操控民心的方式之中。他们会因为国家伪造的新闻而愤怒或欢呼，会无条件地服从国家的领导。唯有温斯顿在伪造历史与新闻时，会时刻让自己保持记录笔记的习惯，将真实的生活记录下来。

然而，他的这个习惯不仅不被国家允许，甚至人们对于他的行为也感到十分厌恶。在温斯顿被捕后，大家都将记录“虚伪”事件的他视为敌人。而那个管理人员也想方设法地将他同化，让他安分地成为一名伪造历史的工作人员。

在这个故事里，我们看到，人们其实并不喜欢追求真相，甚至还有一种讨厌真相的情愫。他们讨厌说真话的温斯顿，原因是温斯顿的出现很可能会打破他们现有的安逸生活，将他们好不容易通过幻想而掩盖的不堪现实重新展现出来。

在生活中，我们每个人都有美化生活的能力。尤其是在面对生活的琐碎时，为了达到心理平衡，我们会有意无意地美化眼前的事实或是掩盖内心的不堪。而这时候，如果有人总是提醒我们心里的忧虑与不安的事实，这无疑是一件让人十分讨厌的事情。

然而，反过来想，那些说真话的人，真的那么让人讨厌吗？也许我们讨厌他们总是在我们自嗨的时候给我们淋下一盆冷水，也许我们讨厌他们总是习惯性地指出我们的不足。然而，当我们沉迷于幻想或是自身存在不足时，别人的提醒难道都是怀有恶意的吗？

我们不得不承认的是，不管情商多高的人在情绪来了以后总会或多或少地失去理性。情绪这东西总是没有指向性的。所以当我们觉得说真话的人十分讨厌时，不妨用心想一想，究竟是说真话的人讨厌，还是眼下这个没有能力改变现状的自己更讨厌。

只有明白了自己为何会讨厌说真话的人，我们才能够更好地意识到自己的不足。所以我们不必讨厌那些说真话的人，反而需要对他们所说的话加以思考。这样做也许会让我们有更加丰富的收获。

06 | 人心犹如破洞，往往会漏掉美好的事物

▶ 他们都是内心破了个洞，重要的东西正从那个破洞逐渐流失。

——《解忧杂货店》

在生活中有一种伟大，就是耗尽一生去守护平凡的美好。在《解忧杂货店》中，浪矢雄治便是这么一个愿意毕生去守护每个人内心的美好幸福的人。

在故事里，有这么一个情节让人刻骨铭心：

浪矢雄治的养子贵之在周末探望父亲的时候，发现父亲一天到晚都在琢磨着他人寄来的倾诉信，甚至到了没日没夜的地步。在桌面上堆积如山的信件中，不乏孩子捣蛋寄来的信件。甚至还有人一口气连续写了三十多封信寄来……对此，贵之对年老的浪矢雄治抱怨说："那些一看就知道是恶作剧的信，你就别回了。再说，你一个杂货店老板，干这种事难道不会太愚蠢了吗？"

然而，浪矢雄治则不以为意地告诉贵之："不管是骚扰还是恶作剧，写这些信给浪矢杂货店的人，和普通的咨询者在本质上是一样的。他们都是内心破了个洞，重要的东西正从那个破洞逐渐流失。

证据就是，这样的人也一定会来拿回信，他会来查看牛奶箱。因为他很想知道，浪矢爷爷会怎样回复自己的信。你想想看，就算是瞎编的烦恼，要一口气想出三十个也不简单。既然费了那么多心思，怎么可能不想知道答案？所以我不但要写回信，而且要好好思考后再写。人的心声是绝对不能无视的。”

就是通过这么一段简单的对话，东野圭吾不仅将浪矢雄治的善意刻画得淋漓尽致，同时，也把人性中的善与美展现无遗。我们每个人的心中都保存着一些美好的事物。然而，如果我们不加以珍惜和保护，那些美好的事物便很容易在质疑与否定中幻灭。

回想我们过去的生活，有多少美好的愿景在一天天的长大中幻灭呢？如果我们任由心中出现了一个破洞而置之不理，那些美好的愿景便会渐渐地消失无踪：小时候的梦想，有多少已经成为我们不屑一提的笑话？以前我们所坚守的真诚，如今是否已经变成满嘴的谎言？曾经许下的愿景，如今是否早已经失去了坚持下去的动力？

有时候，生活就是这样，如果我们不曾好好地保护内心的真诚与期许，那么，终有一天我们会变成自己最讨厌的模样。

而更让人感到痛心的是，在青少年的成长中，许多家长并不懂得如何去修补孩子内心的破洞，从而使得他们的内心变得暴躁、扭曲。

不久前，小天在学校里被人欺负了。虽然老师已经批评了欺负小天的同学，但是小天依然感到十分委屈。当小天的父母知道情况后，并没有在意。父母反而告诉小天：以后走入社会还会有更多的委屈，这点儿事没有什么大不了的。

几个星期后，父母发现小天变得沉默寡言，而且脾气十分暴躁。后来，小天因为在学校里跟同学打架而被记过处分。看着小天突如其来的变化，父母只当是孩子不懂事。然而，父母在多次对小天进行教育以后，小天反而变本加厉，不仅经常欺负同学，而且成绩也是一落千丈。

也许父母并不知道，促使小天变得叛逆的主要原因，还是小天被同学欺负后父母没有能够引导小天走出阴霾。要知道，小天被同学欺负这件事，无疑是将他的内心击穿了一个破洞。他曾经相信的善良都随着时间的流逝而从破洞里漏掉了。

有时候，生活就像一根细细的银针，总是在不经意间刺痛我们的心，并刺出一个小小的破洞。不要小看一个小小的破洞，如果我们不能够及时地填补破洞，那么，这个小小的缺口足以给我们的生活带来翻天覆地的变化。

所以当我们感到委屈的时候，不妨找身边的朋友好好地倾诉一番。而且，当朋友找到我们倾诉时，我们也要认真对待。在这个世界里，没有什么比内心的美好更值得我们守护。

不要忘记最初的美好，好好地保护心中那些珍贵的事物，那是我们一生中最重要的瑰宝。答应我，不要让它们丢失在成长的路上，好吗？

07 | 偏见源于自私的本性

▶ 所谓偏见，就是不平等看待，其产生的根源就在于人的自私
▷ 本性。

——《信》

偏见，是人与人之间最难以逾越的鸿沟。在我们身边总会或多或少地出现一些我们无法抹除的偏见。在东野圭吾的作品《信》里记载了一个关于偏见的故事。

故事的主角是一对相依为命的兄弟。有一次，哥哥刚志因受伤而丢失了工作，同时，也失去了与弟弟直贵一同生活的经济来源。为了确保弟弟不辍学，刚志不惜铤而走险，犯罪杀人，最终被捕入狱。

因为哥哥入狱，直贵在社会上饱受歧视，陷入了无尽的厄运。他的梦想与爱情统统被歧视磨灭。最终，他被调去一个无须跟人打交道的仓管部门。面对所有人的歧视，他渐渐地对哥哥产生了恨意。他恨哥哥自作自受，恨他连累自己，甚至恨他给自己贴上了“杀人犯弟弟”的标签。

后来，直贵更是在人们的歧视中搬离了原来居住的地方。他不告诉哥哥自己的新地址，也不再跟他联系。他想断绝跟哥哥的关系，然后重新开始自己的人生。

事实上，他做到了。他找到了自己的幸福，组建了家庭，并且找到了一份满意的工作。看上去，直贵终于摆脱了哥哥的阴霾，过上了正常人的生活。然而，他却清楚地知道，哪怕自己逃得再远，对哥哥的偏见依然留在心中。于是，直贵给哥哥写了最后一封信，告诉他这些年给自己带来的困扰，并且要求跟他断绝任何关系……

有时候，给我们的生活带来困扰的并不是生活本身，而是我们内心对世界的偏见。所谓偏见，就是不能平等地看待身边的一切。事实上，我们每个人的心里都会有偏见。我们会以自己的眼光去看待身边的一切，然后，凡事都站在自己的角度去理解，将自己放置在客观事实的对立面。

不是吗？我们会从餐厅就餐人数的多少来武断地判定它们的食物是否尽如人意，会从他人的外表来断定他们是否靠谱。而这一切都是源自我们人性中的自私：对餐厅有偏见，是因为我们害怕花钱买到不好的食物；对他人有偏见，是因为害怕别人会对我们的利益造成损害……

小圆圆是一个小学生。他平日里听话乖巧，唯独不喜欢他的爷爷。每次跟爷爷一起吃饭时，他总是一言不发。偶尔爷爷找他玩的时候，他也只是默默地躲到一旁一言不发。

小圆圆不喜欢爷爷，是因为有一次爷爷接他放学时没有给他买玩具。当时，路边的玩具摊上摆着班里许多同学都有的一款玩具。他想让爷爷给自己买一个，好让他回到学校里更有面子。然而，爷爷拒绝了小圆圆的要求。而且，不管他如何央求，爷爷都没有松口。从此，小圆圆便不再跟爷爷说话。就算爷爷找小圆圆说话，他也只是说不了两三句就借口走开。

在小圆圆的心目中，爷爷是一个自私自利、贪图利益的人。而这个想法则源自爷爷没有给他买玩具，让他在同学面前失去了面子。

小圆圆对爷爷的偏见来自他内心的欲望。因为爷爷没有满足他内心的渴求，他才觉得爷爷是一个自私自利的人。其实，这种情况不只发生在孩子身上，成年人也会有类似的现象。比如，直贵对哥哥有偏见。他认为，自己的生活变得艰辛是因为哥哥的犯罪。但他忽视了哥哥犯罪的原因是为了供他读书，也忘记了哥哥对他的情谊。于是，他将对生活的所有不满都发泄在哥哥身上，甚至认为哥哥就是一个不折不扣的杀人犯。

只是有时候我们所看到的一切并不是客观的事实，因为我们每个人都会带着自己的想法去看待身边的事情。所以当我们对他人产生负面印象时，不妨停下来想一想，事情的真相是否真的是我们所看到的那样，或是尝试着站在他人的角度想一想，如果换成我们，是否也会这样做？

毕竟能够化解偏见的方法只有理解与宽容。让我们放下自私的本性，尝试着去理解身边的一切，让偏见从我们的生活中消失。如此一来，我们的生活将会变得更加轻松快乐。

08 | 贪念也是一种偷盗

▶ 捡别人的东西不还，跟偷别人随意放置的东西，没有什么差别。

——《白夜行》

在《白夜行》中，桐原亮司以雪穗身后幽灵的身份贯穿了整个故事。他不惜牺牲自己正常人的生活，不断地帮助雪穗实施犯罪计划，甚至还为雪穗说尽了好话，以此掩盖雪穗的罪行。

虽然雪穗平日里犯下了无数的罪行，然而她所侵犯的身边每一个人都让她有机可乘。雪穗不过是抓住这些机会来尽可能地满足自己内心的恶意。

对于雪穗的行为，桐原亮司曾经说过这么一句话："捡别人的东西不还，跟偷别人随意放置的东西，没有什么差别。有错的难道不是把装了钱的包随便放的人吗？这个社会上，让别人有机可乘的人注定要吃亏。"

桐原亮司的一生始终在矛盾中挣扎：一方面，他想将雪穗带回正常的生活，甚至想与她结为连理；另一方面，他不由自主地帮助雪穗犯罪，并且千方百计地给雪穗的犯罪行为找各种借口。

但我们不得不承认，桐原亮司始终将雪穗的心理行为看得一清二楚。他知道她的想法，也知道她的苦衷。他明白，雪穗之所以不断地实施犯罪计划，是因为她能够从中找到让自己沉沦的借口。其中，最主要的借口在于她明白：犯罪并不是为了主动伤害别人，而是因为想满足内心的恶意。

在生活中，我们总是会产生各种各样的贪念，想不断地满足自己内心的空虚。事实上，我们每个人都有满足自己欲望的权利，然而，在此过程中，不要影响和伤害别人，这才是我们做事的底线。

很多人总是以自我为中心，一味地沉浸于自己的贪念中，伤害了他人而不自知。他们总是习惯用自己的贪念作为借口：明明是借钱不还，却自我安慰说，最近家里的经济压力大；明明是在大家都忙碌的时候偷懒，却告诉自己说，最近比较累……贪图物质与安逸的自私性格让我们总是在不经意间伤害了别人，成为自己曾经最讨厌的那种人。

路子是一家普通企业的业务经理。在过去的几个月里，他的业绩不尽如人意。生活与领导施与他的压力让他感到无计可施。孩子即将入学，他又要迎来一笔庞大的支出。

为了减缓生活的压力，路子不断地开拓销售渠道，通过开源的方式来提高销售业绩。有一次，路子结识了一个重要客户。但不巧的是这个客户已经由路子的同事在跟进。但那位同事最近忙于出差而疏忽了客户的需求。

虽然其他同事知道后纷纷对路子进行劝阻，但是路子一意孤行，要将这笔业务归于自己。由于路子的热情拜访，客户很快签了订单。路子不仅将这位客户归于自己名下，还将业绩提成据为己有。

那位同事发现后，找路子理论。而路子只是轻描淡写地说："既然你没有好好地维护你的客户，而且，我这个月恰好业绩压力也很大，那还有什么好说的呢？"

不得不承认，在路子的眼中，他的做法并没有错。那不过是同事没有维护好的客户被人抢走了，而自己恰好是同一个公司的同事罢了。然而，在旁观者看来，路子不仅没有遵守行业道德，还夺取他人的劳动成果以满足自己的贪念。他这样的行为，不管是出于什么原因，都是不可原谅的。

正如桐原亮司说的那样："捡别人的东西不还，跟偷别人随意放置的东西，没有什么差别。"只要心生恶念，那么，不管是主动，抑或是被动，那都是一种不光彩的行为。

别让贪念成为控制自己行为的元凶。贪念也是一种恶意，让恶意蔓延，只会让我们的生活变得越来越灰暗。

09 | 不一样的感受，则有不一样的行为

▶ 现在我立刻就能找到自家窗户。屋里亮着灯，那光亮让人觉得很

▷ 温暖。可有时我也会觉得，那光亮好似重担压在我身上。

——《黎明之家》

东野圭吾的很多粉丝都认为，他是一个推理界无人能及的小说高手。然而，看过这本《黎明之家》的读者也许明白：他不仅是一个推理好手，还能够把爱情写得如此入木三分。

《黎明之家》的故事由三段婚外情组成，每一段都有着自己的特色，尤其是男主人公渡步与同事秋叶的婚外情更是让读者们过目不忘：在遇到秋叶之前，渡步一直认为自己绝对不会与婚外情有任何关系。这个事业小有所成的男人认为，出轨是一个男人愚蠢至极的表现。他甚至笃定地认为，自己绝对没有理由出轨。

他说："我一直觉得搞婚外情的人都是傻瓜。"然而，当见到秋叶以后，他在这句话后面加上了一句："但是也有情不自禁的时候……"他曾经一直以来坚守的信仰崩塌了。婚后生活中的那种平淡让他感到厌烦，直到认识了秋叶……

跟所有出轨男人的心态一样，渡步一方面对家庭怀有愧疚，另一方面又渴望恋爱的激情，在回归家庭与沉沦激情之间反复徘徊。在故事中，东野圭吾将一个出轨男人的心理完完全全地刻画了出来：从嘲笑出轨到自己出轨的过程中，渡边对生活的态度完全不同。

在婚前，他渴望过上安稳的生活。然而，婚后遇到秋叶时，他对激情的向往再次展露无遗。在这里，我们可以看出，渡步虽然口中批判出轨，然而，当诱惑来到身边时，他又没有办法逃离，一边满嘴谎言一边逞强的他看上去实在让人感到贪得无厌。

然而，渡步的行为也会让很多人对生活、对自己有所反思。在故事的开头，渡步对出轨是那么嗤之以鼻。但当诱惑来临的时候，他又在诱惑面前缴械投降。那么，我们呢？当面对生活的诱惑时，我们曾经嗤之以鼻的事物是否依然对我们而言不值一提呢？

在这个时代，我们每个人都在不断地成长，甚至被社会发展颠覆了自己的观念。一旦我们的认知发生了变化，那么，我们的行为也将会因此变得不一样。

曾经想成为自由摄影师的田田毕业后一直过着国内穷游的生活。居无定所的他平日经常为了一张照片而四处奔波。有时候，一些机构看到他的作品后，向他抛出了橄榄枝。然而，讨厌商业运作的田田每次都会无情地拒绝。

几年后，田田认识了现在的妻子。两人不久便结婚生子，组建了一个幸福的家庭。从此，田田很少像以前一样外出拍摄。他开始寻思着找一份安稳的工作，以便有更多的时间照顾家庭。

很多朋友看到田田的改变后，都好奇地问，他怎么想去上班了。田田每次都这么回答：“以前单身时，一个人吃饱，全家不饿，负担不重，可以为所欲为。现在有了妻小，责任重了，自然就想安稳下来，好好地维护这个来之不易的温馨小家。”

跟渡步一样，田田曾经嗤之以鼻的上班后来成为他赖以生存的收入来源，他的认知与生活产生了一百八十度的改变。生活让他找到了更有意义的目标，他也因此而改变了自己。

其实，我们每个人都一样，在没有找到更好的目标之前，都会认为自己的生活方式是最正确的。我们也许会对身边的人嗤之以鼻，也许会轻视那些为了生活而奔波的人，但一旦我们找到更加重要的目标与生活意义以后，这一切又将会发生翻天覆地的变化。

是的，时间会让我们的生活发生巨大的变化。随之而来的则是我们的观念也在不断地改变和更新，有时会让我们变得更加成熟，有时也会让我们触碰原则的底线。因此，变化并不可怕，我们都会伴随着观念的成熟和发展而成为一个更加成熟稳重的人。重要的是我们必须坚守自己的底线，不要让自己成为一个自己讨厌的人。

Chapter 05

在鞭策中前行

人生是一段不断向前的旅途。但走在人生的道路上，我们总是会有松懈的时候。因而，在不断努力的过程中，我们除了要有足够的信心，同时，也需要懂得如何鞭策自己，让自己时刻保持着前行的力量。

01 | 如果不行动，你的世界就不会改变

▶ 想法是不错，但是光有梦想还不行。如果不行动，世界是不会改变的。

——《学生街的日子》

在东野圭吾的无数作品中，《学生街的日子》不得不说是一部十分特别的作品。它是至今唯一一部东野圭吾以自己的青春回忆写成的长篇小说。在故事里，我们可以看到青春时作者的迷茫与冲动。

谈起这部《学生街的日子》，东野圭吾曾说："我读大学时旁边的街区就是《学生街的日子》里的原型，也许那里是我留下回忆最多的地方。当时一想到自己将成为上班族，每天穿着西装挤在满员的电车里，就感到毛骨悚然。我心中只希望这一天晚些到来，能拖延一刻是一刻。"

小说里讲述的是一条即将被取代的旧商业街里发生的故事，除了凶杀案以外，更让人有所触动的是商业街里那些形形色色的人：那些等待投资的商人，那些过着千篇一律生活的中年大叔，那些希望岁月静好的女人……他们都在日复一日、不断重复的生活中等待

消亡，而最让人记忆犹新的还是那个毕业后不愿意走进社会的大学生光平。

光平毕业后来到了一家名叫“青木”的咖啡厅打工。随着剧情的发展，他在破解凶杀案的过程中也见证了老商业街在新商业街的冲击下日渐没落的过程。看着那些熟悉的面孔在老街的没落之中失去了光彩，这让光平开始重新掂量眼前的生活。

实际上，与其说这部《学生街的日子》是东野圭吾笔下的另一个推理故事，不如说这是东野圭吾借助推理故事去结束青春的一部作品。通过接触每一个出现在学生街的人，光平仿佛觉得自己离生活的本质与真相越来越近。不管理想多么丰满，现实却总是那么苍白平凡。作为现实中的一员，我们所能做的，便是通过自己的努力去改变身边的一切。

因此，光平在破解了学生街的凶杀案后，终于下定决心收拾好行李，离开学生街，去尝试着融入社会。在小说中，东野圭吾借助角色讲了这么一句话：“想法是不错，但是光有梦想还不行。如果不行动，世界是不会改变的。”

也许这句话便是东野圭吾在成熟的年纪对年少的自己说的一句忠告。但同时也是身为作家的东野圭吾给予读者们的一份祝福。反观东野圭吾的作品从来都不缺少一些深入人性的描述。通过故事去展现他独特的生活见解，这些对于他而言，可以说是家常便饭。

其中，这一句“想法是不错，但是光有梦想还不行。如果不行动，世界是不会改变的”便激励了无数的年轻人。正如光平一样，如果一直留在学生街的话，那么，他只会过着千篇一律的生活，然后等待着生活的浪潮将他湮灭。

在生活中普遍存在着这么一个问题：人们一方面过着千篇一律的生活，另一方面则幻想着能够改变自己的未来。其实，如果我们一直都留在自己的舒适圈中，那么，我们所得到的就只有年龄。反过来说，每一次我们走出自己的舒适圈，为了未来而做出改变的时候，生活便会因为我们的努力而变得更加美好一些。

毕业以后，李元在家人的安排下进入一家事业单位工作。虽然每天千篇一律的工作内容让李元感到枯燥乏味，但他不愿意改变这安逸的生活。

几年后，李元发现身边的同事都离开了单位，趁着年轻到社会上闯荡。虽然李元也有这样的想法，可实际上他一直都舍不得打破生活的安逸。

没过多久，单位大裁员，而李元恰好出现在裁员名单里。失业的李元发现自己在社会上失去了竞争力。因此，他不得不去从事一些低门槛的工作，依靠微薄的薪水勉强维持生活。

此后，李元总是抱怨连连，说是单位耽误了他的青春，让他被社会淘汰。可事实并非如此，真正让李元被社会淘汰的原因不是单位，而是他一直都没有实践自己的想法，没有用行动来改变自己，改变身边的环境。

要知道，**希望永远都是美好的，而实现希望的过程是残酷的。**

但是如果我们一直停留在希望阶段，那么当希望的泡沫被残酷的现实刺破后，其中的落差比起生活的琐碎与苦难更加让人难以接受。因此，不必害怕困难，克服心中的忐忑，用行动去实现自己心中的希望，通过努力来改变自己的生活，为自己营造一个美好的未来。

02 | 无视错误只会在同样的地方跌倒

▶ 人都会犯错，最重要的是如何面对错误。逃避错误，无视错误，
▷ 只会再次犯相同的错误。

——《麒麟之翼》

如果让你只读一本东野圭吾的作品，那么你会选择哪一本呢？相信很多读者都无法选择，然而东野圭吾却给出了答案：《麒麟之翼》。

作为东野圭吾本人公开肯定最值得一看的推理小说，《麒麟之翼》一开始就给读者营造了一种神秘的气氛与两宗离奇的命案：一个遇刺的中年男子在奄奄一息之际来到了麒麟像前，孤独地死去；另一个头号嫌疑人也在逃避追捕的过程中遭遇车祸，最终不幸身亡。

在故事的前半部分，两个最接近凶杀案真相的人相继死去，加贺警官的职业生涯中又增添了两宗离奇的谋杀案。而事实的真相随着他的调查，也渐渐地出现了惊人的发展……

这部悬疑推理作品之所以经典，除了那曲折离奇的破案过程之外，故事中所蕴含的寓意更是发人深省。据《麒麟之翼》的责

编介绍，创作这部作品的灵感源自东野圭吾在日本桥时的一个想法——日本桥桥头的麒麟象征着战争后再次腾飞的日本。而东野圭吾将命案发生的场景放在日本桥这个著名景点，其中所暗喻的便是那曾经犯错的人能够重新找到悔改的起点。

对于东野圭吾而言，这部作品不仅倾注了他多年的心血，同时也承载了作者对社会问题的深刻关怀。正如他在作品里写的那句话："人都会犯错，最重要的是如何面对错误。逃避错误，无视错误，只会再次犯相同的错误。"

是的，我们每个人都没有办法逃避错误，然而在犯错以后，我们面对错误的态度却影响着我们一生的成就与前程。有的人在犯错以后一蹶不振，也有的人会无视错误，更有的人会想方设法地给自己犯的错误找各种借口……

许文国是一名年过半百的科学工作者。他拥有自己的学术观点与贡献，是圈内公认的科学专家。然而，最近他却一直寝食难安，原因是他年轻时曾经隐瞒一个错误。

许文国年轻时曾进行一项课题研究，并将课题成果写成了论文。他在论文中提出了一个当时最先进的学术观点。国内学术界的人士都为此感到骄傲。许文国也因此声名大噪。

然而，让许文国感到不安的是，他突然发现论证的过程中有一个最致命的数据错误。这个错误一旦被公布，不仅许文国多年来的研究成果将被推翻，他也会因此名誉扫地。

于是，许文国决定将错误隐瞒下去。几十年过去了，这个秘密依然被许文国埋在心底。可是青春不再的许文国并没有因此而感到开心：为了维护自己的学术尊严，他几十年来的研究成果都是建立在那个错误的理论上面。

如今年过半百的他总是懊恼当时为何没有勇敢地承认自己的错误，从而错过了自我改正的机会。如今，他还因为维护自己的错误而耗费了一生的时间。一想到自己一生的学术成果竟然是一个带着致命错误的观点，许文国便感到痛心不已。

其实，不仅是工作如此，在生活中我们也经常会遇到这种情况。**很多人都是因为碍于面子，而不断地尝试着去掩盖错误，以致在错误的道路上越走越远。**

人非圣贤，孰能无过，过而能改，善莫大焉。只要能够正确地认识错误，那么犯错其实也是一个让我们重新认识与改善自己的最好机会。

03 | 你坚持的模样很酷

▶ 放弃不难，但坚持一定很酷。

——《解忧杂货店》

如果说有什么可以不费力气就能完成，那么放弃肯定是其中之一。不过，现实真的如此吗？

在《解忧杂货店》里，浪矢雄治曾经说过一句话：如果大家都没有改变的欲望，那么我做这些事并没有任何意义。看上去，这是一个导人向善的故事，实际上我们却不能忽视故事中每一个人改变现状的决心与坚持。

克朗为了音乐梦想离家漂泊多年，在生活的压力下与家人的期盼中艰苦奋斗，最终写出了一首流传百世的歌曲。月兔在照顾男友与参加奥运会中选择了后者，虽然未能如愿但是无怨无悔。其中最动人的莫过于晴美通过坚持而逆袭的故事。

晴美是一个出身卑微的农村女孩。她在亲戚的照顾下长大。为了生计，晴美不得不白天下班后到夜总会做驻唱歌手。虽然当时夜总会的驻唱歌手社会地位很低，但高昂的收入却让晴美无法拒绝诱惑。她甚至想辞职做一名全职歌女。

晴美在不知道如何选择时，给浪矢杂货店寄了一封倾诉信。杂货店的回信让她醍醐灌顶。回信告诉她：当歌女永远都不是解决生活难题的方法，反而是放弃自己人生的做法。如果你非要放弃自己的人生，自甘堕落，那么你的人生将会失去色彩。相反，你应该趁着年轻去看看不同的风景，学习不同的知识。只有这样，才能够让人生变得更加丰满。

在信的最后，晴美看到了来自浪矢杂货店的指引：金融与房地产，是未来 30 年社会发展的主旋律。于是，晴美痛定思痛，辞去了歌女的工作，一边上班赚钱，一边努力学习。在短短几年间，她就从一个什么都不会的歌女摇身一变成为一名金融管理者。

不得不承认的是，晴美的成功虽然建立在浪矢杂货店所提供的正确的发展轨迹上，但作为一个女生，她的坚持与努力也可以说是功不可没。

坚持与放弃，可以说是我们成长过程中不可忽略的话题。每个人都知道坚持对于做好一件事有多么的重要。然而，在生活中，却有 90% 的人没有办法坚持到最后，而是选择了半途而废。

慧娟是一个农村女孩。由于家庭原因，她在初中毕业后就不再读书了。几年后，她嫁为人妇，每天都是做饭、种地、喂猪，在劳动中度过。

生活并没有给她太多的选择机会。然而，当她拥有了自己的第一台手机以后，人生却迎来了一百八十度的变化。心怀作家梦的她用手机写出了自己的第一篇文章。

但是每天利用农余时间写作的她并没有获得身边人的理解。乡邻们将她当成一个玩手机上瘾的懒女人，而婆婆跟丈夫也没少跟她翻白眼。

在短短的六年里，她在田埂上书写，也在灶台上书写。不管生活多么不堪，她依然坚持写作。最终她写坏了七台手机，遭受了无数的白眼。但正是这份坚持，让她手机里的文字变成了铅字。而她的作品也渐渐地为广大读者所熟知。如今她已经成为一名真正的女作家。

不管是生活中的农村女子，抑或是城市里的精英达人，我们每个人在坚持中总会遇到不一样的困难。有的人被生活的艰难动摇了初心，也有的人在一次次的挫折中放弃了梦想。而真正的强者，是那个把负面情绪一一击破，朝着目标坚持不懈地前进的你。唯有不畏前进路上的荆棘密布和艰难险阻而坚持到底，才能够在一次次的磨难中成就非凡的自己。

是的，放弃永远都是一件很容易的事情。然而，这也是一种让人一无所获的选择。真正能够让人有所收获的永远都是那一份永不言弃的咬牙坚持。今天多一份坚持，日后就能少收获一份失落。每一个人生来都是为了改变世界。如果不曾放弃，那么我们每个人都能够活成自己满意的模样。

人生最酷的模样，就在于当所有人都在生活的肆虐中败下阵来时，你依然咬牙向着顶峰攀登。直到有一天，万水千山被你踏在脚下，伫立峰顶，一览众山小。为了梦想而坚持的你，看上去就很酷。

04 即使失败百次也不要后悔一次

▶ 不管是多么琐碎的物件，只要在凶案现场出现的，都有可能是破

▷ 案的关键。

——《新参者》

有时候，我们要实现目标，除了需要专业水平以外，坚韧不拔的精神也是必不可少的。

《新参者》讲述的是一个新调任到新城市的警官，在人生路不熟的现实中排除万难，破解案件的故事。主人公加贺警官为了破案而一次次地去认识各种各样的人，并且从中寻找重要的破案线索。这对于一个刚入职的警官而言，并不是一件简单的事情。

在小说里有这么一句话："不管是多么琐碎的物件，只要在凶案现场出现的，都有可能是破案的关键。"而加贺警官则将在凶案现场收集的每一个证据都一一寻求出处。在短短的几天里，他走访了仙贝店、陀螺店、西饼店等无数现场，一方面为了熟悉这座城市，另一方面也对凶案的有关证物一一查证。

然而，事实总是残酷的，虽然加贺警官在每一次调查的时候都

会有不同的发现，但事实上这些发现对于破案并没有任何帮助。这让加贺警官不止一次地感到沮丧。然而，加贺警官并没有因此而停止调查，反而一直在努力，为破案寻找充足的证据。

在根据《新参者》改编的同名电视剧里有这么一句话：即使失败 100 次，也不要后悔一次。这句话激励了无数的人。正如书中加贺警官的坚持也让许多人感觉到了他的敬业与坚忍。

其实，在生活中也是这样，我们总是会因为过去的遗憾而感到后悔，却不会因为自己当下的放弃而懊恼。有时候，在夜深人静时回想往事，相信很多人都会有“如果当时能够坚持一下，一切都会不同”的想法。我们却不知道此刻的悔恨，实际上是曾经对生活妥协的延伸。对于每一个平凡如你我的人而言，放弃总是一件轻松的事情。正是因为这样，坚持才会显得难能可贵。

在很久之前，有一个出身贫寒的小伙子。他并没有因此而感到自卑，反而在恶劣的生活环境下养成了坚韧不拔的性格。他离开家乡去外地寻找工作。当他去一家电器工厂应聘时，人事主管看他衣衫褴褛且身材瘦小，脱口而出道：“我们现在不缺人，你过一段时间再来吧。”

换作常人听到这样的话，恐怕心里便明白了人事主管的托词。然而，一个月后，这名小伙子却再次来到了这家工厂。人事主管只好再次推托道：“你过几天再来吧，我们现在比较忙。”

隔了几天，小伙子再次出现在工厂里。就这样反复多次以后，人事主管终于忍不住说出了自己的想法：“我们并不愿意聘请像你这样脏兮兮的员工。”于是，小伙子回家后找朋友借了一点儿钱，然后换上了一身整齐干净的衣服。

当看到衣衫整洁的小伙子时，人事主管又说：“天哪，你根本不知道关于电器的知识，你还是找别的工作吧！”随后，小伙子好长一段时间没有来工厂。

当人事主管以为小伙子知难而退时，他又来了。原来小伙子利用这两个月时间系统地学习了电器方面的知识。随后他跟人事主管说：“我已经学习了不少的相关知识。如果你觉得我还有哪些方面需要学习，我一步步地去弥补。”

这时候，人事主管看着眼前的小伙子，松了一口气，说：“行，我在这里工作了那么多年，第一次遇到像你这样坚持的人。你就留在这里工作吧，以后你一定会大有作为。”

进入工厂后，这名小伙子凭着坚韧不拔的精神不断努力，最终成为日本电器行业发展史中不可忽视的一员。他的名字叫松下幸之助。他所创办的松下电器如今依然屹立在国际电器市场，而这一切都源自他的坚忍与努力。

松下幸之助有这么一句名言：失败不仅仅是一次挫折，同时也是一次机会。对于他而言，如果贸然放弃了机会，那么以后自己一定会感到后悔。所以他宁可失败 100 次，也不愿意让自己日后感到后悔。

生活中最可怕的并不是“我不行”，而是“我本可以”。每一次后悔的源头都是我们曾经对生活的妥协。那些看似更加轻松的捷径实际上不过是引导我们一步步脱离正轨的陷阱。

也许坚持最终会让我们被生活弄得遍体鳞伤，但这一切都没关系。在残酷的生活中浴血奋战，这正是人生必须面临的挑战。因为我们都有一个远大的目标，而这一切都必须以坚忍为代价。

不要让人生落下遗憾。不管是怎样的挫折，我们都可以在奋斗中失败 100 次、1000 次，却不能原谅自己的半途而废。

05 | 天真的人需要多吃点儿苦

▶ 满脑子天真想法的人，在社会上吃点苦头也是好事。

——《解忧杂货店》

成长，有时候往往是一瞬间的。

在东野圭吾的作品《解忧杂货店》中有这么一幕：高中毕业后的克朗为了实现音乐梦想，不顾一切地离开了家。他要到遥远的地方去寻找自己的音乐梦。

在后来的日子里，克朗虽然努力拼搏但是屡屡受挫。这让他难免开始怀疑自己的天赋。坚持对于克朗而言变成了没意义的偏执，而奶奶的去世则成为压垮克朗的最后一根稻草。

当他回到家乡参加奶奶的葬礼时，发现父母已经在不知不觉中老去，家传的卖鱼店也因为父亲身体的原因而日渐没落。这时克朗方才感受到自己肩上的责任，并且产生了回家乡发展的想法。

然而，克朗发现自己始终难以放弃心中的音乐梦。于是他写了一封信给浪矢杂货店。他希望有人能够聆听他的倾诉，支持他的决定。然而，收到信的翔太等人看了他的故事后，非但没有支持他继续自己的音乐梦，反而将他痛骂了一顿。

信中的大致内容是这样的：在大家都找不到工作的时代，你居然有这么好的家传鱼店不继承，而去选择什么音乐梦，你真是一个傻得彻底的笨蛋。有时候天真并不是一件好事，因为它会让你四处碰壁。

事实上，生活中也是这样：在面对我们依然拥有无限可能的未来时，很多人总是将自己的想法强硬地融入未知的未来。然而，如果我们总是以天真的态度去看待任何事物，那么难免让人觉得烦忧。

克朗为了实现自己的音乐梦，一意孤行，不顾一切地投身大都市。他让家里人魂牵梦萦。然而，从离开家乡开始，等待克朗的便是无穷无尽的生活磨难。

正是这么多年坎坷的经历让克朗开始重新思考自己的生活，重新衡量自己的梦想。或许在两难的境况下克朗会选择放弃，但这对于他和家人未必就是一件坏事。

有时候，在社会上碰壁虽然会让我们充满天真的心灵变得伤痕累累，但不得不承认这也是让我们快速成长的一种方式。生活依然在继续，那些天真的人需要变得成熟一点儿，如此才能够慢慢地肩负起身上的责任。

举个例子，李聪本是一所美术学院的尖子生。以优异的成绩毕业后，他不顾家里人的反对成为一名北漂，并且扬言要在两年内成为有名的画家。

可事实上，在学校里光彩夺目的尖子生进入社会以后，马上就变成了万千尘埃中不起眼的一颗。尤其是在能人辈出的职场上，他甚至没有办法找到一份满意的工作。

在生活的压力下，李聪不得不在工作之余做一些兼职。每天工作忙个不停，这让他感到身心疲惫，根本没有时间去练习绘画与提升美术水平。日复一日的疲倦生活让李聪看不到希望。他开始发现现实生活并不如自己想象中那么美好。

有一天，他跟同学聊天时发现，那些留在家乡踏实工作的同学都已经在本地小有名气，他却还是万千北漂中不起眼的一个。

这时李聪开始觉得，当年来北京就是一个错误。然而，事实真的是这样吗？带着一股冲劲儿去追求梦想，这本没有错。错就错在李聪对于未来太过于想当然。他认为只要努力就能够在北京取得成功。殊不知，他既然选择了竞争更加激烈的大城市，就要比旁人付出更多的努力和汗水。

在生活中，不要什么都想当然。生活并不会一直都如你所愿。我们没有办法让世界变成我们想要的模样，只能够去适应生活的节奏，然后尝试着改变自己。如果我们一味天真地看待生活，也许最后等待我们的只有一次次颠覆想象的挫折。

每一次成功背后都有着数不尽的辛酸，每一份倾己所有的努力都不一定能换来成功的果实。我们曾经天真地以为，只要努力，成功便是水到渠成的事情。当我们受尽了生活的磨难以后才会发现，生活并不会附和我们的天真，每一次成功的背后都是无数次的失败。

真正的勇士，是看清了血淋淋的现实后依然热爱生活，而不是一味地秉承单纯天真的心对生活充满了幻想。因为这会让在社会上打拼的你遍体鳞伤。在生活中，天真的人总是要吃一些苦头。只有脚踏实地的强者才能成为生活的主人。所以我们要摒弃那些过分天真的想法，以更加成熟的姿态，去面对生活，并且奋力向前。

06 | 当无法依靠别人时你依靠什么

▶ 我们这种平凡之人在面对胜负关键时，总需要找寻某种倚靠，
▷ 但，在比赛中乃是孤独的，无法倚靠任何人，那么，该倚靠什么呢？我想，只有自己曾经努力过的事实。

——《放学后》

如果在东野圭吾的作品中选一部关于成长的小说，那么《放学后》肯定是其中最具代表性的一部。该作品讲述了一个规章制度严格的女校中发生的故事。

故事中的女孩们正处于青春期。她们渐渐地形成了自己独立的思想。然而，她们内心刚刚萌芽的独立想法与现实生活发生了激烈的碰撞。在面对生活的无助时，她们有的奋力改变自己，也有的在叛逆的道路上一去不复返。

事实上，东野圭吾在故事里穿插了一段关于射箭比赛的经历，将学生们思想上的成长轨迹融入她们的训练中：随着县大赛的逼近，前岛老师与射箭社的运动员们压力日益倍增。射箭社是这次比赛中最被学校看好的运动社。校长在比赛前曾说过，希望射箭社今

年能够取得好成绩。

这句话无疑给前岛老师与射箭社的学生们添加了更大的压力。在压力下，以惠子为首的学生纷纷向前岛老师求助。但是前岛老师好几次由于私事缺席训练，这让学生们感到无比的失望。

面对学生们的担忧与失落，前岛老师决定想办法让大家学会独立。在一次训练中，前岛老师给学生们示范射箭，并且告诉学生们：我们每个人在面临胜负的时候，都没有办法依赖别人。我们只有去寻找某种倚靠。对于我们这些普通人而言，倚靠自己曾经努力过的事实，也许是最明智的选择。

这句话不仅适用于比赛，也适用于生活。在生活中，我们总会遇到迷茫无助的时候。这时我们最需要的是能够找到让自己坚持下去的动力，而我们曾经为了目标而埋头奋进的过去便是力量的源泉。

日本作家村上春树也深谙这个道理。作为一个每天坚持跑 10 公里，并且坚持跑了 30 多年的畅销书作家，他凭借自律收获了成就与健康。

对于多年来坚持长跑，他有这么一个理论：每个人在坚持中都会有松懈的时候，事业如此，跑步也是如此。可是，很多时候并不是不想跑便不去跑，而是越不想跑就越要跑。

面对严峻的马拉松比赛，年事已高的村上春树自然没有办法与年轻人相比，甚至有时候连跑完全程也感到十分吃力。因而他在书中写道："有时候，身体的疲倦会让我们出现放弃的想法。这时候，我们都需要一个信仰。每一个长跑运动员都有自己的信仰。有的人会念叨着一些莫名其妙的语言。也有的人会默念着身边最重要的人的名字。”

而村上春树的信仰又是什么呢？也许他的信仰就是自己30多年来一直坚持的训练，还有那些在训练过程中所挥洒的汗水和努力。写作亦然。当他在写作中遇到瓶颈，不得不盯着屏幕直到眼睛快要出血时，鼓励他一直向前的便是那曾经过去的努力与成就。

不仅是村上春树，其实，我们每个人都会遇到这样的时候。在面临生活的转折点或是挫折时，我们都难免会感到紧张，也会感到怯懦。我们想要找一个人来让我们依靠，好让我们那无处安放的担忧能够消停。

可是，事实上很多时候身边人都没有办法帮到我们。我们必须自己面对生活中的种种问题，面对自己的成长与烦恼。而最能够让我们感到从容淡定的莫过于曾经的努力，还有努力所带来的那一句："我能行！"

生活中，我们会有高朋满座的时刻，也会有与同道者并肩作战的时候。然而，有些路我们的确需要一个人走。当我们感到孤独无助的时候，真正让我们振作起来的并不是那些虚无的信仰，而是我们曾经为此付出的汗水。

有些路总是漫长而孤单，也许这时我们都想找一个可以倚靠的肩膀。只是这个世界上每个人都有自己的烦恼，也有自己的路要走，唯有那些被我们踩在脚下的坎坷，才是我们攀登高峰的路上最忠实的伙伴。

当身边的人不再成为我们的依靠时，曾经奋斗而不妥协的你，便是最好的依靠。

07 不积极认真，人生的答案将无意义

我的回答之所以发挥了作用，原因不是别的，是他们自己很努力。如果自己不想积极认真地生活，不管得到什么样的回答都没用。

——《解忧杂货店》

善良是一种虚无的状态。它没有办法看得到，也没有办法摸得着。然而，它能够影响我们身边的人，甚至可以突破时间的界限，一直温暖着身边的人。

《解忧杂货店》的故事横穿了三代人，而这一切都仅仅是源自浪矢雄治与晓子小姐两人内心的善意。在故事里有这么一段剧情：浪矢雄治要求养子在自己去世后的33周年找到那些曾经被自己帮助过的人，然后听听他们因为自己的帮助而发生了什么改变。

在此我们不得不佩服东野圭吾的高明。他通过“信件穿越”的方式，让浪矢雄治在离世之前看到了自己去世33年后所有人给他寄来的信件。通过这样的手法，东野圭吾告诉读者：无论什么时候，一次小小的善良，都可以温暖一个人的一生，而且永远都不会被

遗忘。

事实上，浪矢雄治的一生因帮助他人所带来的温暖，远远超乎他的想象：有的人因为他的帮助而改变了自己的价值观；有的人因为他温暖的善意而走出了阴霾；甚至有的人因为浪矢雄治的回信原谅了自己，重新拥抱生活。

面对自己耗尽一生所换来的美好成果，浪矢雄治不仅没有因此而自喜，反而告诉养子贵之：我之所以能够帮助他们，是因为他们心里始终想要积极乐观地生活。如果他们不愿意改变的话，那么无论我说什么都没用。

可能每个人都有那么一刻希望能够知道自己的未来，然而，回过头一想，未来真的可以预测吗？哪怕有人预言我们的未来是那么的成功与丰富，但是如果我们不努力，这一切都不过是一场美好的幻想。

要知道生活中我们遇到的好事与坏事，都是我们一次又一次小小的抉择所带来的结果。一个人的人生意义就在于他当下的决定：如果你想过上富裕无忧的生活，那么从现在开始你就要努力赚钱；如果你想老去以后依然健康，那么从现在开始你就要锻炼身体；如果你想日后生活在温馨的家庭中，那么从现在开始你就要给孩子最好的爱……

你的生活你做主。没有人能够承诺给你一个美好的未来，即便他很想帮你。真正能让你的生活变得美好而且有意义的，唯有你常年如一日的积极认真的生活态度。

如果你不愿意改变现状，那么谁又能够帮你成长呢？记得曾经听过这么一个小故事。从前有一个人十分虔诚。他每天都会到庙里参拜，希望能够在菩萨的庇佑下中一个大奖，下半生可以过上无忧无虑的生活。

然而，十多年过去了，他依然一无所获。直到有一天，他放弃了，并且指着菩萨的塑像破口大骂。这时菩萨显灵并问他："你为什么要骂我呢？"

那个人一脸的怒气，说："十多年来，我一直对你万分虔诚，希望你能够让我中一个大奖，然而，你这些年一直白白地享受我的参拜，却不曾想过帮我。你根本就是一个骗子。"

这时候，菩萨告诉那个人："早在五年前，我就被你的虔诚感动，想帮你实现愿望。然而，这十几年来你一张彩票都没有买过，这让我怎么帮你呢？"

这是一个让人啼笑皆非的故事。然而，它告诉大家一个道理：如果你不愿意努力，那么谁也没有办法帮你。

现实中，很多人虽然深知这个道理，却没有将它运用到生活中：有的学生因为考上了好的学校，就开始懈怠自己的学业；也有的人因为被一家好的公司录取，便终日欢喜若狂，忽略了自己的工作。

不管是考上名校或是到了大企业就职，这些都没有办法帮助我们成长。即使身处再好的平台，如果我们不努力，那么不管过了多久我们都依然是原地踏步。

真正让生活发生改变的并不是那些虚无缥缈的幻想与期许。能够实现理想人生的真正关键在于自己的努力拼搏。如果我们总是消极地对待人生，那么所有的美好最终都会离我们而去。

08 | 若破例一次就会有第二次、第三次

▶ 如果今天我打破了这个规矩，那以后我还会打破第二个、第三个
▷ 规矩，这样下去人生将一步步走向失败。我以前的人生就是这种活法的典型。结果呢，虽然从小学到大专，我在可以被称为学校的地方待了14年，到头来却没有掌握一项能够赖以生存的技能。我再也不想重走老路了，打死我也不想再产生一次同样的懊悔了。

——《秘密》

如果人生能够重来一次，那么你会做出怎样的选择？

在东野圭吾的作品《秘密》中，平介的妻子直子获得了重活一次的机会。在一次车祸中，直子的灵魂进入了女儿的身体，因而直子重新成为一名学生，过上了女儿的学生生活。

在一开始的时候，还没习惯自己新身份的直子总是在学校闹出很多笑话。然而，她的体贴、成熟却将丈夫的生活照顾得井井有条。后来，直子开始习惯了自己的新生活，也开始考虑给女儿一个怎样的未来，要把女儿的身体“经营”成什么样子。最后，她得出结论：

让女儿的生活不要像自己一样，总是因为过去的事情而后悔，而是可以勇敢地追求自己的梦想，每天过上自律的生活。

在人生能够重来一次以后，直子有了这样的想法：如果今天我打破了这个规矩，那么以后我还会打破第二个、第三个规矩，这样下去人生将一步步走向失败。我以前的人生就是这种活法的典型。结果呢，虽然从小学到大专，我在可以被称为学校的地方待了14年，到头来却没有掌握一项能够赖以生存的技能。我再也不想重走老路了，打死我也不想再产生一次同样的懊悔了。

这是年近40岁的直子对人生的感悟。她后悔过去没有自律地遵守自己定下的规矩，以致日后的生活充满了悔恨。这是她一生中最遗憾的事情。对于我们而言，是否也会因为当初的不够自律而感到后悔呢？

美好的未来需要自律作为基石。要知道，在生活中，我们有很多需要遵守的规矩，不管是道德方面的规矩或是自我要求的规矩，如果我们由于松懈而打破了规矩，那么不管我们如何自责，也难免会第二次犯错。

璐璐本来有一个完美幸福的家庭，然而这一切都因为丈夫的出轨而变得消失无踪。东窗事发后，丈夫曾经不止一次地向璐璐认错，并且承诺不会再有下次。然而，璐璐并没有给丈夫机会，而是选择与他离婚。

当时，朋友们都劝璐璐稍为忍一忍，毕竟丈夫的诚意摆在那里。而且，璐璐将近不惑之年，女儿还在上小学，对于她而言离婚的成本有点儿大。

但是璐璐告诉朋友：出轨这件事只有零次与无限次的区别，不管丈夫的道歉多么有诚意，当他再次遇到诱惑时便一定会重蹈覆辙。

在生活中，我们每个人都有自己的原则与底线，但是一旦诱惑将我们的原则侵蚀掉以后，那么曾经的底线就会荡然无存。就像减肥中的人一旦打破了自己的减肥计划，那么日后他将会无数次地给自己寻找打破计划的借口，从而导致减肥失败。

回想一下，人生中那些让我们感到后悔的事情，大多都是因为我们没有做到自律与保持底线而造成的：那些腰间的赘肉，也许是从我们某次不经意的暴饮暴食后开始无法控制地长起来的；那些苟且的现状，也许是我们学生生涯的某次懒惰形成的；那些破碎的爱情，也许是我们没有守住底线造成的……因为一次打破底线也许不会对后果造成什么影响，然而，这次打破底线却让妥协在心底埋下了种子。当我们下次遇到诱惑时，便会给自己找来无数的借口再次打破底线。

当面对诱惑时，我们每个人都会告诉自己："破例一次没有问题。"然而，正是这一次破例导致了以后破例成为习惯。所以守住原则与底线是一条不可逾越的红线。一旦我们打破了自己的原则与底线，就会在错误的道路上越滑越远。

因为破例这件事只要有了一次，就会有第二次、第三次，然后，人生就会一点点地溃烂下去。

09 | 别等恶之花盛开才想起要铲除

▶ 有一株芽应该在那时就摘掉，因为没摘，芽一天天茁壮成长，长
▷ 大了还开了花，恶之花。

——《白夜行》

要问谁是东野圭吾笔下最有争议的女主角，雪穗恐怕是首当其冲。一方面，她犯下了世俗所不能容忍的无数罪恶，将身边的人都卷入了性侵案件；另一方面，童年的阴影使她不得不通过犯罪去维持内心的平衡。

早在雪穗小的时候，雪穗的妈妈西本文代为了赚取更多的钱，将她一次次地卖给了那些有恋童癖的大叔。在一次次被性侵中，雪穗的生活价值观产生了极大的扭曲，开始对这个世界充满了恶意。随着年龄的增长，她开始见不得身边的人比自己好。于是，她一次次地策划性侵案去侵犯身边的朋友，甚至连女儿也无法逃离她的魔爪。

那么，雪穗的“无法自拔”难道真的是情有可原吗？答案是否定的。在法律面前，无论是谁，只要触碰了法律的底线，不管是怎

样的原因，也没有任何被原谅的理由。

实际上，雪穗的错并不是因为社会造成的。在这个世界里，总有一些不好的事情会给我们每个人带来影响一生的阴影。而真正能让我们走出阴影的方法便是趁罪恶之花尚未盛开时将其斩草除根。正如东野圭吾在《白夜行》里写的那样："有一株芽应该在那时就摘掉，因为没摘，芽一天天茁壮成长，长大了还开了花，恶之花。"

是的，一旦罪恶之花盛开后，我们的价值观以及对待生活的态度都会出现不可避免的变化，从而让我们的性格更加孤僻、阴暗，甚至会做出一些常人无法接受的事情。

在恶性价值观面前，虽然很多人会展示出理智的一面，恪守底线，然而，在感性的欲望侵袭下，理性并没有太大的抵抗作用。尤其是那些已经发芽并开始成长的恶性价值观会将我们的底线彻底侵蚀，从而将我们变成另一个我们不愿意见到的人。

立标在毕业的时候立志成为一个优秀的投资员，然而，生活的压力却让他不得不当了一家投资公司的业务员。虽然他平日的工作十分努力，薪酬也随着他的成长水涨船高，但是工作岗位却不能让他感到一丝丝的满足。

有一次，立标在帮客户处理投资问题时发现，客户在投资中亏了好几百万。这让立标感到十分的无奈：客户明明是一个投资新手，却有那么多钱用来投资，而他每天苦学投资技巧，却由于缺乏资金，只能望洋兴叹。

就在这时，一个奇怪的想法从立标的脑海中产生了，既然对方拥有那么多资金，自己为什么不“借”一点儿来投资呢？虽然立标曾多次提醒自己要遵守职业操守，然而随着时间的推移，这个念头开始在立标的脑海中频频出现。

最终，立标的理智并没有战胜他的欲望。在一次常规操作中，立标掏空了客户的账户，根据自己的想法进行投资。不巧的是，由于立标一个小小的失误导致了这次投资血本无归。而立标也因盗用公款，不仅被公司辞退，还被客户起诉，由此葬送了大好前程。

在故事中，立标原本有足够的时间去铲除那个小小的念头，然而，正因为他一时的松懈才导致了内心的这朵邪恶之花不断长大，并且侵蚀了他的道德底线。他也因此受到了法律的惩罚。

在生活中，邪恶的种子总是在不经意间洒落在我们的心中。也许那只是一个小小的念头，或者那不过是一次小小的刺激，看上去并不会对我们的生活产生任何影响，甚至很快就会被我们遗忘。然而，事实并非如此。一个小小的邪念，如果任由它发芽、成长，那么在未来我们便会收获一朵邪恶的花朵——邪念侵蚀了我们的原则和底线，成为我们灵魂的主人。

在面对一些邪恶的念头时，我们不妨马上从根源上铲除它们，避免因为一时疏忽而导致未来的悲剧。因此，唯有铲除一切不好的念头，坚守正确的价值观，才是我们健康成长的首要任务。

10 | 好奇心是人成长的最大能源

▶ “在意”这个词，说的就是“好奇心受到刺激”的意思。放着好奇心不去理会，这可是最大的罪过。一个人成长的最大能源，就是好奇心。

——《盛夏的方程式》

成长，是每一个人都必须经历的阶段，而好奇心则是我们成长中最大的能源。在东野圭吾的小说《盛夏的方程式》中，记载了恭平与汤川之间的故事。两人的故事呈现出了一种貌似父子却又胜过父子的情愫。

故事发生在一个海边小镇。上五年级的恭平在暑假时独自一人来到姑妈家，并且在火车上遇到了大学物理教授汤川。由于两人在车上有一面之缘，汤川住进了恭平的姑妈所经营的旅馆。

恭平很喜欢汤川，而汤川也希望能够利用假期来帮助恭平成长，因而假期时恭平的作业都是由汤川来指导。汤川还经常带恭平参加各种户外活动，让他学会从生活中学习。他们到了海边，然后汤川将手机绑在火箭上，通过这种方法去观看波澜壮阔的海面。汤川还教恭平学会了用方程式去解决问题。

汤川希望恭平能够获得独立学习的能力。于是，他告诉恭平："放着好奇心不去理会，这可是最大的罪过。一个人成长的最大能源，就是好奇心。"

众所周知，一个人成长速度最快的时期便是童年。童年时的我们能够接纳生活中的各种新知识。但随着年龄的增长，我们的学习能力就会慢慢减弱。其中最重要的原因就是我们的好奇心正在慢慢地减弱。

不妨回忆一下，我们小时候总会发现生活中有很多无法解释的现象：天空为何傍晚时会变成红色？为什么憋住呼吸我们会难受？……然后，通过老师或家长的讲解，我们将这些现象的原理牢记于心。这便是童年时特有的好奇心给我们带来的学习动力。

长大后，这种与生俱来的好奇心随着我们年龄的增长呈现了下降趋势，甚至将身边的一切事物都看作理所当然……麻木，成为阻碍我们成长的最大原因。

反观我们身处的这个时代，如果一味地麻木前行，那么我们很容易就会被这个快速发展的时代所抛弃。因而保持足够的好奇心是我们在生活中保持竞争力与学习能力的基本前提。很多著名学者正是因为时刻保持着好奇心才收获了许多的科研成果。印度著名物理学家拉曼就是从孩子旺盛的好奇心中受到启发而发明了著名的光散射理论。

1921 年，在地中海的航行中，拉曼偶然听到了一个孩子的话从而开始了一项全新的研究。

为了欣赏阳光与海岸，拉曼来到了甲板上。这时，一个八九岁的男孩望着一片蔚蓝的天空，问身旁的妈妈："这个大海叫什么名字？"

"地中海。"

"那么它为什么叫地中海呢？"

"因为它夹在两个大陆之间。"

孩子与妈妈的对话引起了拉曼的兴趣。他停下来，想知道孩子都会问哪些有趣的问题。

"妈妈，你说地中海为什么是蓝色的？难道所有的海都是蓝色的吗？"

孩子的话让妈妈一时语塞，谁也没有想过大海为什么是蓝色的这个问题。这时，看着孩子失望的眼神，拉曼走过去，亲切地牵着孩子的手，犹豫了片刻说："小朋友，海水之所以呈现蓝色，是因为它反射了天空的蓝色。"

看到孩子心满意足的神情，拉曼转身而去。只是在告别了那对母子以后，他却不断地在脑子里重复着孩子的话。他觉得自己刚才的回答并不够充分，所以他一回到家就开始沉浸于这个问题的研究中。

最终，拉曼在原有的理论基础上发明了著名的光散射理论，为20世纪物理学做出了不可磨灭的贡献，并因此获得诺贝尔奖。

如果拉曼的成功是始于好奇，那么追求答案的欲望便是他能够走向成功的主要原因。好奇心就像一个路标，而对知识的渴望才是我们迈步前行的动力。

虽然生活总是处处充满了挫折，现实中却没有什么能够阻碍我们的成长。只要保持好奇心，那么我们将会有足够的学习动力去面对生活中的各种挑战，走向更远的前方。毕竟，好奇心是我们前行的最大动力，不是吗？

Chapter 06

只有沉淀才能升华

只有经历过沉淀的过往，才能够升华出一种旁人所没有的独特的人格魅力。因而，在我们一路前行的路上，所经历的一切都是生命中最重要的财富。如果一味地抗拒未知的未来而让生活变得千篇一律，那么我们的生活就会缺失了一种沉淀的升华。在生活中，我们遇到的难题并不会成为人生的阻碍，反而会形成独特自我的基石。

01 | 失去并不代表你回到了原点

曾经拥有的东西被夺走，并不代表就会回到原来没有那种东西的时候。

——《白夜行》

有一句老话说得好：**生活就像是一次没有重来的彩排**。在生命中，我们所走的每一步都是不可逆的。尤其是有一些东西，当我们失去了以后便再也回不到原来的状态了。

在《白夜行》中也总会出现各种失去的情节：雪穗在一次次被恋童癖大叔猥亵的过程中，渐渐地失去了正确的人生观。到后来，哪怕她杀死了自己的母亲，完全走出了现实的阴霾，也没有办法逃出自己的心理阴影。她最终成为一名报复社会的罪犯。

而男主角桐原亮司也是一样。他因为去救正在被父亲桐原洋介性侵的雪穗，而不得不将父亲杀死。从此，他失去了寻常孩子应当得到的爱。因此，在随后的日子里，他将索爱的对象映射到雪穗身上，并且通过不断地帮她实施犯罪计划来百般地讨好她。

在生活中，当失去了一些曾经拥有的东西时，我们往往会产生一种“大不了从头再来”的想法。然而，事实上根本没有从头再来的情况。更多的时候，当失去了以后，我们往往只能够感受到心里缺了一块，并且不断地向外索取，尝试着去弥补那一块缺失。

就像雪穗一样，当她失去了寻常孩子对世界的好奇与探索欲以后，她的世界观产生了翻天覆地的变化。她开始下意识地去用别人伤害自己的方式去伤害他人，以此报复社会，并且为之上瘾。对于雪穗而言，她所失去的已经成为过去。那一次失去让她从此变成了另一个人，再也没有办法回到原来的地方。

我们的生活都是一条单行线，根本无法让我们回头重来。我们不管是得到了还是失去了，最终我们都已经不再是过去的自己。

举个例子，李彤是一个普通员工。最近，他遇到了老同学，了解到了一个看上去充满商机的项目。正是这次相遇，让李彤产生了自主创业的念头。

然而，生活的压力却让李彤思前想后，家里也不支持他贸然地辞职去创业。李彤再三考虑后，发现自己内心还是倾向于创业。他要趁着青春的尾巴奋力一搏。大不了创业失败后他依然去上班。

李彤不顾家人的反对，取出了自己所有的钱，毅然决然地加入了创业大军。事实上，创业的道路并不平坦。虽然李彤始终对创业充满了美好的期许，并为了实现梦想不断地努力前行，然而，现实是如此的残酷，巨大的市场压力让他感到筋疲力尽。最终，李彤历尽了挫折后败下阵来——他因为过度投资而负债累累。

李彤本想着如果创业失败后自己还能够依靠工作来维持生活。

然而，现在的他万念俱灰，完全没有了去工作的想法，只是每天在家中唉声叹气。

其实，在生活中，我们每个人都是这样。在面对一些不确定的机会时，我们都想着奋力一搏，大不了失败了从头再来。然而，我们没想到的是，无论我们对未来充满了多么美好的幻想，一旦失去了想要争取的一切，我们的心态自然而然地便会因此而改变，并且深刻地影响了我们的行为。

失去是人生中不可回避的命题。在生活中，我们所能做到的就是如何尽可能地避免失去，而不是对失去产生不切实际的幻想。很多人都认为，失去了不过是回到原点罢了。然而，实际上并非如此。失去一些东西，不仅会让我们从此多了一份失败的回忆，同时也会让我们的心态产生变化，甚至变得更加消极与焦虑。

人生是一次无法回头的前行。在面对命运的分岔口时，我们不妨尝试着多一些深思熟虑。毕竟没有一条路可以让我们回到原点。每一次选择都是我们成长的契机。在前行的路上，我们必须不断地学习他人，复盘自己，总结成功的经验和失败的教训。只有这样才能够获得不断的成长。

正因为这样，我们才需要对自己的选择做到深思熟虑，不要让我们所珍惜的一切成为遗失的美好。毕竟一旦失去以后，所有的一切都已经改变，无论是心态或是眼界等方面都会留下深深的烙印。因为失去并不代表我们回到了原点，失去的意义仅仅是失去而已。

02 | 你不是笨，只是没有找到自己要学的东西

▶ 你不是不擅长学习，只是没有找到自己想要学习的东西而已。

——《梦幻花》

每个人都会有自我怀疑的时候。在生活的琐碎中，我们会不断地反思与攀比，甚至怀疑自己是否适合做眼下正在着手的这件事情。对于普通人而言，自我怀疑是无法摆脱的一种情绪。每个人都会或多或少地考虑自己的价值与意义。然而，**如何在自我怀疑的时候找到答案，这将会对一个人的成长有着十分重要的影响。**

熟悉东野圭吾的读者应该知道，在他的作品中曾经对人性中的自我怀疑进行过探讨。在《梦幻花》中有这么一个桥段：浦生仓太在上大学的时候，毅然选择了热门科目原子能。然而，在2011年的核泄漏事件后，很多人都贸然地放弃了这方面的工作，学生也渐渐地离开了这个专业。这时候，浦生仓太只有两个选择：要么继续坚持，要么放弃学业。

在面对人生的转折点时，浦生仓太感到十分的迷茫。幸运的是家庭的秘密“遗产”以及与情人的谈话，让他再次坚定地选择了从

事原子能工作。

有时候能够找到自己想要的一切，对于我们而言也是一种小小的幸福。正如书中梨乃爷爷所说的："每个人都会有自己想要学的东西，只是要费一番功夫才能找到，你不去找就永远找不到。"如果能早一些找到自己想走的路，这未免不是一种幸福。

在生活中，我们很多时候屡屡碰壁，凡事都比别人落后一大截。其实，这并不是我们天生的资质不如他人，而是因为我们需要花费更多的时间去寻找真正适合自己的路与未来。

在很久之前，英国有一个一事无成的小伙子，他叫列文虎克。跟很多贫困青年一样，他长大以后找不到好的工作，只能在钟楼以敲钟为生。很多人看到他都会绕路而走，并且觉得他是一个不折不扣的笨蛋。

由于工作太过于清闲，列文虎克总是利用空闲去打磨放大镜，然后用来阅读当天的报纸——这是他唯一的爱好。后来，列文虎克突发奇想：如果把两片放大镜重叠着放在一起，能看到什么呢？于是，列文虎克立即拿来两片放大镜，打算试一试。没想到这一试让列文虎克来了精神：他看到了像竹竿一样粗的蚊子腿。

后来，列文虎克越玩越来劲儿，干脆用石头固定住一片放大镜，将另一片放大镜随意调节距离。正是这一尝试让他成功地发明了显微镜，并看到了平时肉眼看不到的生物。

于是，列文虎克开始苦心钻研生物学，并且学习各种专业文献。最终，他用自己发明的显微镜发现了微生物，为世界生物学发展做出了巨大的贡献。

打磨放大镜本来仅是为了消磨时间，却让大家眼中的笨蛋列文虎克成为著名发明家、生物学家。他是最早发明显微镜，并发现微生物的生物学家。他的发现震惊了世界，英国皇家学会将他收归麾下，连当时的英国女王与俄国沙皇也不远万里地去拜访他。

列文虎克在职场上也许是一个不折不扣的笨蛋，却在生物学与动手能力方面表现出了自己的天赋。其实，我们每个人都一样，没有人会是一个天生的笨蛋。我们之所以被嘲笑、排斥，无非是我们还没有找到自己想要为之努力的方向。

虽然有些时候我们不管怎么努力都没有办法比得上他人，但请你相信，既然我们来到这个世界上，那么在这个时代中肯定有些什么需要我们去为之努力。每个人都有自己要走的路，都有属于自己的位置。每一个努力的人都不应该被时代的洪流淹没。

所以请不要担心自己的一生碌碌无为，也许你的出路就在拐角的另一端。哪怕暂时没有找到自己想要走的路，你也不必妄自菲薄。因为在世界的另一头，也许有什么正在等待着你发挥自己的才华。当你找到自己愿意耗费一生去走的路时，不要犹豫，只要一路向前，便总会看到美好的未来。

03 | 在意就是最重要的意义

▶ 某些东西，明明知道没有意义，但依然很在意——谁都会有这样的东西。

——《单恋》

在东野圭吾的小说《单恋》中有这么一段情节：在某天晚上，男主人公中尾恰好看到跟踪狂卢仓在对美月做出不齿的行为。中尾为了帮助美月脱险，二话不说便杀了卢仓。美月一开始决定到警察局自首，但后来在好友的提醒下，她犹豫了。美月在心理上是一个“雌雄同体”的人。一旦这个秘密被揭发，将会对美月的生活带来极大的影响。

美月与中尾由此卷入了一宗凶杀案。随着警察的深入调查，事情的真相渐渐浮出水面。为了避免警察对美月的调查和掩饰美月“雌雄同体”的心理秘密，一直单恋美月的中尾选择以自己的方式去结束生命：他与妻子离婚后，开始准备他的自杀计划。

当中尾准备实施自杀计划时，哲朗却找到了中尾，告诉他切勿放弃生命。只要他去法院自首，法院很可能会以“自卫杀人”为由给他减刑。而自杀对于中尾而言并没有任何意义。

但是为了守住美月的秘密，中尾假装答应了哲朗，还是毅然结束了自己的生命。最后，中尾的自杀让这宗凶杀案不了了之。美月也因此保住了自己的秘密，开始了她环游世界的幸福之旅。

小说《单恋》剧情的发展让所有人都出乎意料，却又在情理之中。中尾的自杀对于他自己而言，无疑是提前结束了自己的生命与放弃了美好的未来。在旁人看来，这对他来说根本没有任何意义。可是，在中尾的心中，美月是他最在意的人。他的自杀正是为了自己在意的人牺牲生命，从而让美月过上幸福的日子。

中尾对美月的感情远胜过对妻子的感情。美月是中尾心中最重要的存在。所以中尾哪怕是牺牲自己的生命，也要保守美月的秘密。在生活中，每个人的内心都会有十分在意的人或事物，也许那是一位忠诚贴心的伴侣，也许那是一个遥不可及的梦想。但无论是什么，在面对选择的时候，我们都会选择为了其而付出一切。

陆琴是一个学习成绩中等的孩子。虽然她平日勤奋好学，成绩却怎么也提不上去。重要的是她从小就有一个清华梦。就连做梦的时候她也梦想着考上了清华大学。

因而，在高考过后填写志愿的时候，父母和老师纷纷劝她填一所适合自己成绩的学校。谁知她却毅然在第一志愿中写上了清华大学。当时，父母跟老师知道后，都惊讶得合不拢嘴。要知道，虽然这次高考陆琴超常发挥，但就陆琴的成绩而言，要考上清华大学是不可能的。

结果是陆琴自然没有被清华大学录取，而她的做法也遭到了家长的责备与同学的嘲笑。但是陆琴并没有感到后悔，反而为自己的勇气而感到骄傲。而且，这件事使得她心里多年来的石头终于放了下来。

也许在大家看来，陆琴的做法的确不明智。然而，这对于她而言却是一次有意义的尝试——多年来梦寐以求的梦想就在眼前，哪怕在旁人看来这是毫无意义的坚持，在她的心中却是极其重要的。

我们平日里难免会做出一些旁人看来没有任何意义的事情：我们会在前伴侣的楼下徘徊，哪怕这段感情已经走到了尽头；我们会耗尽全身的力气进行一次长跑，为的只是能够证明自己……在这个社会上，我们已经因为迎合他人的目光而做了太多的事情，偶尔我们也需要为了实现自己内心的想法而行动起来。不论结果怎样，去做那些看似没有意义的事情也许不为人理解，但必须承认那就是我们心里最在意的存在。

是的，谁都有在意的东西，但并不是每一个人都能够理解你所在意的一切。所以不要在意那些世俗的意义，无论做什么事情，只要我们认为值得，就应该去做。如此一来，所有的一切都变得更加简单。

毕竟勇于追求自己在意的事情并不是傻。因为有时候，在意就是我们心中最重要的意义。

04 | 得到那个，就得不到这个，这就是人生

▶ 即使是善良的人，也不能什么时候，向谁都显示出来善良。得到
▷ 那个，就得不到这个。都是这样的事儿。要选择这个就要舍弃那个，如此反复，这就是人生。

——《信》

相信每一个人眼中未来的自己都是这样的：善良厚道，高朋满座，并且能够成为人群中的交际达人……然而，现实不是这样的。在现实中，很多人为了自己的想法与欲望，总是抛弃一些我们本来就拥有的良好品质。毕竟生活并没有两全其美的时候，当我们想要一些东西的时候，自然而然地就会抛弃另一些东西。

东野圭吾的小说《信》讲述的是一个让人心酸的故事：一个为了弟弟的学费而犯罪的哥哥，在入狱后一直得不到弟弟的理解，甚至成为弟弟讨厌的人。

在哥哥刚志入狱不久，弟弟甚至偷偷地更换了地址，拒绝与他联系。后来，弟弟又给他写了一封信，主动要求与他断绝兄弟关系，希望能够因此而过上平淡的生活。

对于哥哥刚志而言，这无疑是他人生中最黑暗的时光。出于对弟弟的保护，他失去了自由，并且遭到了弟弟的误解。但偶尔他又想，如果自己以失去自由为代价换取了弟弟的平淡生活，难道这不是一件好事吗？

正如《信》中所言："即使是善良的人，也不能什么时候，向谁都显示出来善良。得到那个，就得不到这个。都是这样的事儿。要选择这个就要舍弃那个，如此反复，这就是人生。"

也许哥哥刚志在铤而走险选择犯罪的时候就已经想到了这个结果，然而为了弟弟的生活，他依然义无反顾地去盗窃。他十分清楚，一旦选择了犯罪，自己将会走上一条不归路。正如书中所说的那样："得到那个，就得不到这个。"

在生活中，不管我们想要得到什么，都必须付出相应的代价：你要获得一个好的业绩，就必须舍弃那些旁人用来玩耍的时间；你要组建一个幸福的家庭，那些独居的自由就会成为奢望；你想走得更远，就必须比常人付出更多的努力……

秋葵小姐最近遇到了一个难题：异地恋的男友希望她早日回到家乡筹备婚礼，而她更倾向于在一线城市发展，在当地组建自己的小家庭。

为了这件事，两人不止一次争吵。到了后来，两人更是每逢见面就为此发脾气，以致彼此的感情变得越来越淡薄。两人好几次都在分手的边缘徘徊。

秋葵小姐偶尔想起这件事时也会感到难受。一方面，她不愿意失去男友，也明白男友的用心良苦。另一方面，她也不希望让自己这么多年的努力白费。毕竟她毕业后便在这座城市生活，她所有的人脉与资源都在这里……

最终，秋葵小姐选择了跟男友摊牌，表明自己在未来两年都会继续留在这座城市。男友也明白她的意思。最终的结果便是秋葵小姐与相恋多年的男友分手了。

分手那天，秋葵小姐一个人在房间里哭了很久。她在想，如果再有一次选择的机会，她又会如何选择？事实上，她认为，无论再做多少次选择，她都会这么做。因为她并不愿意放弃自己这些年所积累的资源。

在那天晚上，她明白了这样一个道理：人生有时候就像一条选择题，我们总会被生活带到一个进退两难的境地。两个选项，都是我们想要的，但是我们只能选择其中自己最希望得到的一个，并为此付出失去另一个的代价。

因此，我们每一次的收获都意味着失去。这个世界上根本没有不劳而获这种事。每一个成熟的人都应该衡量一下，获得某种成果所需要付出的代价，是否是自己所能够承担的，然后再义无反顾地去追逐自己想要的目标，选择自己想要的人生。

毕竟生活是一场“伤敌一千自损八百”的游戏。很多时候，两全其美只是一个美好的梦想。想要得到这个，就必须放弃那个，这才是我们所经历的人生。

06 | 无论发你什么牌你都只能尽量打好它

悲观也没用。谁都想生在好人家，可无法选择父母。发给你什么样的牌，你就只能尽量打好它。

——《时生》

我们是否也曾对自己的人生有所怨言？我们是否因为自己的出身而抱怨命运的不公？然而，无论命运给予了我们怎么样的底色，我们都无法抱怨，也不能改变任何事实，唯一能够改变的只有我们对待生活的态度与想法。

东野圭吾的作品《时生》是围绕主人公时生展开的一个故事。跟一般的推理小说不同的是，这部作品给读者带来的是关于亲情与命运的思考。东野圭吾通过这个故事表达了对社会的人文关怀。

宫本夫妇在得知儿子身体不如常人的情况下选择生下了儿子时生。时生患有天生的格雷戈里综合征（作者虚构病症），也许这辈子只有十几年的寿命。每每想到这里，宫本夫妇便痛心不已，但这并没有影响父母对孩子的爱。他们希望在孩子短暂的生命中，能够给予孩子最好的一切。

而时生仿佛从小就明白父母的心意。他从小就懂得热爱生活。在父母的帮助下他渐渐地成为一个优秀的孩子，并且度过了一个快乐的童年。

生活给予时生的打击是沉重的，死神随时都会在他最美好的年华中剥夺他的生命。然而，他并没有因此而自怨自艾，甚至在短短的人生中学会了如何热爱生活，如何温暖身边的每一个人。

在时生陷入昏迷后，宫本拓实先生看着他的脸，突然想起了 20 年前便是这个孩子将自己带出了生活的阴霾，让自己获得了新生。原来时生在昏迷时，借助时光机回到了过去，在那里看到了 20 年前的拓实先生。

那时的拓实先生正因为自己的身世而自暴自弃，而时生的到来却让他看到了生活的希望。在时生的帮助下，拓实走出阴霾，迎来了新的人生。

在故事中，拓实先生与时生同样都是为了自己的身世而感到烦忧，而二者却以不同的态度去对待命运的打击。得知自己是私生子的拓实选择了自暴自弃。如果不是时生的穿越给他带来了心灵上的抚慰，恐怕拓实早就放弃了自己的生命。时生虽然面对病痛的折磨，却始终对生活保持着热爱，并且以自己有限的生命去温暖身边最重要的人。

谁都希望自己能够拥有一个美好的人生，然而，这并不是我们抱怨命运的理由。难道时生真的没有为自己的命运感到叹息吗？还是他在一次次的努力下克服了重重困难，并且从中找到了生活的希望？正如书中所说："悲观也没用。谁都想生在好人家，可无法选择父母。发给你什么样的牌，你就只能尽量打好它。"

我相信，每一个人都有过抱怨命运的经历。其实，我们仔细想一想：在我们身边也有很多不如自己的人。他们也许被原生家庭的难题所困扰，也许会因为身体上的缺陷而无奈。然而，命运的暴击并没有让他们自怨自艾。有的人通过自己的努力解决了原生家庭的难题。有的人不断地培养自信，以此掩盖身体上的缺陷，在并不美好的生活中努力地寻找那些散落在角落里的光芒。

大壮是一个农村少年。他从小在家乡生活，没有离开过深山。直到高中毕业后，大壮才通过自己的努力考到了城市里的学校，离开了家乡。

面对城市里的繁荣，大壮突然觉得自己跟这座城市有点儿格格不入。尤其是跟同学们交流的时候，他总会感到有一股无形的压力困扰着他。这时候，大壮心里无数次地抱怨自己的出身。他不明白，为什么身边的人都出生在城市，而自己则是一个农村的孩子。

然而，大壮并没有因此而心生放弃的念头。过了一段时间，他终于想明白了这个道理：抱怨是没用的，既然命运给了自己这样一个出身，那么为何不试着利用好手里的资源，去改变自己的命运呢？

现实的残酷让他想方设法地改变自己，以便融入这座城市。他在学习之余尝试着在宿舍销售家乡的土特产。由于物美价廉，大壮的生意很快就红火起来。许多学生都跑到大壮的宿舍找他买特产。

在这个过程中，大壮发现，其实身边每一个人都有自己的烦恼。他们都对命运的不公颇有微词。然而，真正让人有所不同的是，有的人总是在生活中抱怨连连，却不愿意尝试着去改变自己的人生；而有的人则是迎难而上，将命运赐予自己的不足当成奋斗的动力，进而改变了自己的命运。

也许我们谁也没有得到梦想中的生活，然而，谁也没有放弃如今看似苟且的日子。美好只是一份期许，但最好的幸福却躲藏在努力经营的现实中。

不管命运给你发了什么牌，即便是很烂的牌，也不要抱怨。用心去享受生活中我们所拥有的，然后将手头上的一手烂牌打好，用自己的光芒照亮前路，温暖人生。

07 | 正因为是一张白纸才可以随心所欲地描绘地图

地图是一张白纸，这当然很伤脑筋。任何人都会不知所措。可是换个角度来看，正因为是一张白纸，才可以随心所欲地描绘地图。一切全在你自己。对你来说，一切都是自由的，在你面前是无限的可能。这可是很棒的事啊。我衷心祈祷你可以相信自己，无悔地燃烧自己的人生。

——《解忧杂货店》

很多人都觉得未来可期，是因为我们依然拥有改变人生的希望。上面摘录的文字，是浪矢雄治在收到一张白纸后写下的最后一封回信。

在《解忧杂货店》的最后，翔太三人不小心将一张白纸投到了浪矢杂货店的投信口。白纸通过时间隧道投到了浪矢雄治未去世的年代。翔太三人很快便收到了浪矢雄治的回复。

信里有这么一段话："通常每个来找我倾诉的人，手里头都有一张地图，而你的地图是一张白纸，所以你不知道你想要去哪里。"

浪矢雄治这句话恰好击中了翔太三人的心理：他们三人刚刚从

孤儿院逃出来。面对陌生的世界，他们不知道应该去哪里，也不知道自己是否还拥有未来。浪矢雄治的这段话，让他们对自己的人生重新燃起了希望。

是的，谁都会有迷茫的时候。这时候的我们就像迷失了方向的孩子，看着眼前的人来人往，每个人都朝着各自的目的地前行，而自己则在偌大的世界里无处可去。这时候，我们的世界就像一张白纸，虽然上面什么都没有，但这也代表了我们能够在上面随心所欲地画出自己想要的一切，我们的未来依然有着无限的可能。

正如浪矢雄治所说的，“地图是一张白纸，这当然很伤脑筋”。看不到自己的未来，这的确也会让我们失去前行的动力。而这时候我们需要去做的，就是勇于在白纸上描绘出自己的未来，然后，去实现心中的理想生活。

在我们身边有很多成功的人。他们乐于活在自己的生活中，而这一切都是因为他们愿意去描绘自己的生活，并且一步一步地朝着梦想进发。

小库跟小里在大学时是舍友。他们虽然住在一起，可两人的性格却恰恰相反。

小里是一个“佛系”的人。无论遇到什么事情，他总是一副无所谓的态度。他终日只会在宿舍里打游戏、睡懒觉，从来没有想过自己要拥有怎样的未来，更没有为了明天去努力。

而小库一直以来都幻想着能够成为一名翻译家。在大学里，他每天 5 点起床，无论寒暑都雷打不动地到操场上背英语单词。学校每次举办英语活动都会有他的身影。在四年的大学生活里，他还抓住一切机会跟外教及外籍人士交流。

不知不觉四年过去了，小库凭借出色的英语能力被一家跨国企业录用。而小里依然是得过且过地混日子。直到舍友们都找到了工作，他依然没能找到自己的方向。

面对毕业后无工可打的现状，小里这时才开始着急。他拼命地投递简历，然而现实中从来就没有一蹴而就的事。屡次被拒的他只能是在焦虑中不断地抱怨与叹息。

毕业于同一所学校，站在同一条起跑线上，而小库与小里却过上了两种不同的生活。其中最大的原因就在于小库敢于在生命的地图上描绘出属于自己的人生，而小里则一直任由生命的地图保持着空白，直到失去了描绘自己人生的最好机会。

事实上，在一开始我们每个人的生命都是一张白纸，我们的未来都有着无限的可能。但是如果我们不主动地去描绘自己的未来，那么不管过了多久，我们的生命都不过是一张白纸。

很多人会对此有所焦虑，然而焦虑并不能解决任何问题。我们需要做的就是给自己立下一个目标，然后一笔一画地去描绘我们的未来。不管我们画的是什么，那都是我们能够追逐的未来。

所以如果你依然不知道自己将要去向哪里，不用担心，只要你愿意踏出第一步，在生命的白纸上描绘上第一笔，那么未来依然有梦可期。

08 | 换个角度看待，人生就不一样了

或许自己这辈子都不会有什么戏剧性的恋爱，只是经过熟人介绍，与相亲对象相互妥协，最后结婚。有时她会觉得，其实这样也没什么不好。

——《谁杀了她》

上面这句话摘自东野圭吾的作品《谁杀了她》。在这个故事里，和泉园子与青年画家佃润一本是一对感情深厚的情侣。虽然在生活中，和泉园子跟佃润一由于经济问题而寸步难行，但这并不妨碍二人的感情升温。两个人很快就到了谈婚论嫁的地步。

就在两人准备结婚的时候，园子的闺密弓场佳世子出现了。佃润一抛弃了园子，选择了弓场佳世子，两人很快就开始了交往。这对于园子而言，无疑是一个十分沉重的打击。

面对未婚夫的背叛，园子一时间难以走出阴霾。但过了不久，她也就释怀了。正如东野圭吾在书中所说的那样："或许自己这辈子都不会有什么戏剧性的恋爱，只是经过熟人介绍，与相亲对象相互妥协，最后结婚。有时她会觉得，其实这样也没什么不好。"

其实，在生活中有很多人跟园子一样，曾经在失恋的阴霾下郁郁寡欢。有的人失恋后无心工作，最终落了个事业、爱情两失意；也有的人把失恋的挫败感发泄在最亲密的人身上，使得身边的人为其伤心流泪；甚至有的人因为失恋而结束了自己的生命，将悲伤留给了最亲密的人……每个人失恋后都会伤心不已。但人与人之间的差距就在于，有的人能够迅速地走出阴霾，而有的人则在阴霾中沉沦，无法自拔。

不仅爱情如此，就连生活中的很多事情也是这样。在工作中遭遇挫折时，我们很容易将怒气发泄到自己或是他人身上；在生活中遇到不如意时，我们会以消极的态度来对待生活……但回过头一想，我们将对生活的不满发泄到自己或是他人身上，是否就能够将问题解决了呢？答案是否定的。这样做只会让身边的人或自己徒增悲伤。要想真正解决生活中的烦恼，就要学会转换思维，找出事情好的一面，然后以乐观的态度去消灭内心的悲伤。

在中国互联网企业的发展历史中，有一个人的地位可以说是举足轻重的。他在 25 岁时创办了盛大网络，并且通过购买国外网络游戏版权赚取了第一桶金。

然而，随着企业规模越来越大，他的精神压力也渐渐开始剧增。在 36 岁那年，他由于过度劳累而患上了焦虑症与癌症。这名亿万富翁的生活顿时变得黑暗。

在接下来的一年里，这名企业家卖掉了盛大网络，并且将自己锁在家里，沉溺于无尽的悲伤中。幸运的是这种情况并没有维持很久。一年后，他终于想通了。他认为：既然事实是无法避免的，那么我不妨利用这段时间好好休息。然后，想一下，我接下来应该怎样做一些有意义的事情。

在这种积极的思想下，他的病情奇迹般地有所好转。待到病情稳定的时候，他投资了一个非营利的研究所，从事人类的大脑与心智研究。在他的资助下，很多现代医学无法解决的难题在当下也渐渐出现了曙光。

这个人就是盛大集团的创始人陈天桥。他在风光无限的时候突然患了重病，人生突然变得黑暗无比。幸而在生活的暴击下曾经一蹶不振的他最终走出了阴霾，并且开始以乐观的态度来看待这个世界。

其实，任何事情都具有两面性。不过在生活的烦恼中挣扎的我们总是习惯性地看到事情不好的一面，而忽视了这件不好的事情给我们带来的好处。正如塞翁失马，焉知非福。任何事情都不是单纯的好或是不好。**我们若想活得更加自在如意，便需要懂得默默地承受生活中不好的部分，而将那好的部分无限放大。**

所以当遭遇挫折或不如意的时候，我们不妨换一个角度看一看，你就会发现其实这个充满坎坷的世界有时候也很美。

09 | 没有什么比看不见的眼泪更清楚当下

流泪的开关早在他的脑海里麻痹生锈。康正瞟了一眼刚刚抹过脸的掌心，之间泛着闪闪的油光。

——《谁杀了她》

当局者迷，是我们每个人都会遇到的问题。我们很难看清身边的一些事情真相，也看不清自己身处的环境和自身的问题。只有当疼痛与挫折来临的时候，我们才能够在疼痛中看清楚那些我们平日无法看到的现实。

在东野圭吾的作品《谁杀了她》中有这么一幕，康正警官在发现和泉园子被杀害以后，从现场的状况判断她死于他杀。因此，康正警官为了亲手制裁杀害和泉园子的凶手，不惜以身犯险拿走所有的证物，断掉了警方的线索。

他为什么要这么做呢？其实，和泉园子是康正警官的妹妹。看到妹妹被杀害后，康正警官痛彻心扉。但多年的警察生涯使康正警官拥有了十分强大的心理承受能力。正如文中所说：“康正脑袋里流泪的开关早已经关闭，然而那内心阵阵的疼痛却让他能够更加清楚地去思考眼前的问题，他甚至看到了连警方也没有发现的线索。”

有时候，眼泪会模糊我们的双眼，而那些看不见的眼泪则会让我们更加清楚地看到当下所处的环境。尤其是当我们强压着悲伤，把悲伤化作动力的时候，没有情绪干扰的我们能够更好地看清楚当下的形势。

奋斗先生是一名资深北漂。在北京奋斗多年的他渐渐地在事业上小有所成。一直以来，他都梦想着成为一名有影响力的企业家。多年来他艰苦奋斗，朝着未来小有成就的一天进发。虽然年迈的父母好几次跟他说过回家乡发展的事情，但他每次都坚决否定，并且认为父母总是想着耽误自己的前程。

直到有一天，他接到了父亲的电话，母亲在家里不小心摔倒在地，目前正在住院。奋斗先生得知后立马从北京赶回家中。看到摔伤的母亲躺在病床上憔悴的模样，奋斗先生的心突然间就提了起来。

随后，他看了看身边的父亲。父亲已是满头华发，本来挺直的腰杆也变得有些弯曲。回到家中，他发现当年舒适的房间如今已经变得破旧。这让奋斗先生开始感到愧疚：“原来自己这几年都将目光放在了自己的未来，而忘记了年老的父母如今也需要自己的陪伴。如果不是母亲意外摔伤，自己很可能也不知道家中的情况。”

目前的情况让奋斗先生陷入了两难境地。他想留在家乡照顾父母，但北京还有自己的生意。让他放弃多年的奋斗成果回到家乡，他实在是有点儿舍不得。而让他不管摔伤的母亲，回北京工作，更是不可能的事情。

此时，奋斗先生心里可不是滋味。他满腔的痛苦和泪水无法宣泄，唯有压抑在心中，任由疼痛在心中蔓延。经过一夜的思考，奋斗先生决定放弃北京的事业，回家乡照顾母亲。

当我们从负面情绪中走出来时，正是我们能够更好地看清楚现实的时候。如果总是沉浸在负面情绪中，那么我们很可能会因为情绪的干扰而做出错误的决定。

其实，像奋斗先生这样的故事在生活中比比皆是。我们总是将目光放在别处，唯独不会在意当下身边的事情。有的人为了梦想，每天奔波劳碌，却忘了家里等待自己回家的妻子与孩子；有的人因为过去的伤痛而一直无法走出阴霾，只能不断地荒废当下的大好时光；有的人沉醉于各种各样的诱惑，却忘记了当下最需要做的事情……他们看不清楚当下的情景，总是随着情绪去对待自己的生活。久而久之，他们便会做出一些错误的决定，或是失去一些重要的东西。

情绪的泛滥让我们把目光放在了别处，却没有好好地看一下眼前的苟且，也就无法看清自己身处的境地。这就让我们变得更加被动。唯有那些看不见的眼泪能够让我们回到现实。唯有疼痛能够让我们看清眼前的不堪。

10 | 才华往往能扼杀一个自负的人

> 你的确有成为作家的才能，但这和成为作家完全是两码事。再进一步讲，成为畅销书作家和才能没有关系，要达到那个地步，得靠点特别的运气才行。那就仿佛是朵幻想中的花，有的人企图摘取它，只会大失所望。
>
> ——《恶意》

在东野圭吾的小说里，从来都不乏一些才华横溢的人。比如，《嫌疑人 X 的献身》里的高中数学老师石神哲哉，《宿命》里的外科医生瓜生晃彦，他们都拥有别人梦寐以求的才华。可事实上，他们的结局并不圆满，甚至让人唏嘘。

然而，要说到东野圭吾小说里才华横溢又让人感慨的人物，恐怕很多人都会想起《恶意》里的主角——野野口修。虽然他由于各种客观原因并没有成为世人眼中才华横溢的成功者，然而，在整个故事中，身为作家的他总能够以出色的逻辑能力以及推理能力去征服广大读者。

在《恶意》里有这么一个片段：在一次会面中，长期给作家日高当“影子作家”的野野口修拒绝继续给他供稿。然而，日高对此丝毫不买账，还翻出了野野口修留在他手中的把柄，以此威胁野野口修。

后来，两人在争吵中彻底闹僵。日高对野野口修说：“你的作品之所以成功，是因为‘作者’一栏写着我的名字。如果用你的本名出版，那么你觉得书还能够卖出去吗？”日高的话让野野口修无言以对——自己虽然默默无闻地给日高供稿，日高因此名利双收，可他清楚地知道，如果不是日高，他的作品根本没有机会公之于世，也不可能获得如此高的酬劳。

正是因为如此，日高才说出了前面摘录的那段话。日高想方设法地让野野口修明白：仅仅拥有才华是没有办法获得成功的，真正的成功需要才华与机遇结合，二者缺一不可。如今机遇落在了日高的头上，虽然野野口修很有才华，但是只有跟日高合作，才能够形成双赢的局面。

然而，自负的野野口修虽然畏惧日高掌握了自己的把柄而答应了他的要求，但是他心里萌生了一个可怕的念头——杀死日高，并且让他身败名裂。在故事的最后，野野口修虽然成功地杀死了日高，但他也没有能够逃过法律的制裁。

对于一般人来说，才华也许是上帝赐予的礼物。然而，实际上很多时候，才华对于有些人来说不过是一种无法逃脱的诅咒。

我们不得不承认野野口修是一个有才华的人。然而，才华并没有让他过上幸福安稳的日子，甚至没有办法让他在人们面前展现自己。在一次次的代笔中，他的心理逐渐变得扭曲。洋溢的才华让他难以接受给那个远不如自己的日高代笔，因为他无法接受自己的作品用别人的名字发表……

事实上，这样的故事并不单单出现在小说里。我们每个人也许都经历过同样的事情。比如，我们明明出色地完成了工作，可功劳却落在了上司或是其他老员工的身上。面对这样的遭遇，我们又该如何处理呢？

是义愤填膺地裸辞，还是好好地调整心态，等待属于自己的机会或是下一份更好的工作？前者在让你失去工作的同时，也失去了一个展现自己能力的平台；而后者则能够让你在一次次的磨炼中变得更加强大，成为团队的中流砥柱。

试想，如果野野口修面对日高的威胁，能够放下自负，耐心地等待属于自己的机会，那么他跟日高的结局也不会如此悲惨。日高说得没错："成功并不是才华的代名词。要走向成功，我们除了具备才华之外，还要等待属于自己的机遇。但是很多人却由于自负，扼杀了自己的未来。"

举个例子，黄璐璐是一所大学的尖子生。虽然她才华横溢，但有一个缺点：高傲自大，不爱与同学交流。偶尔有同学向她请教或是邀请她参加集体活动时，她总是一副爱理不理的模样。

按黄璐璐的说法就是：我跟他们不同，毕业后我可是要到世界500强工作的人。跟他们交流多了，反而会降低我的智商。正是这种高傲的态度，让大家渐渐地对这位高才生敬而远之。

后来，黄璐璐在参加某世界500强企业校内招聘时意外地被筛除掉。其中原因就是黄璐璐在大学中很少参加集体活动。面试官由此认为，她缺少团队意识，不符合应聘要求。

才华与天赋往往能够为我们的人生增色不少。因此，既然上天赐予了我们不一样的才华，我们就要好好地保护这份珍贵的礼物，不要因自负而让才华变得一文不值。

Chapter 07

奇妙的逻辑，准确得没有任何理由

一个人的逻辑判断能力如何，决定了一个人的做事能力。好的逻辑思维能使人们事半功倍，而且，它往往会在关键时刻为我们创造奇迹。东野圭吾在作品中展现了非凡的逻辑思维能力，很值得我们学习和借鉴。

01 | 只要冷静思考，你就有勇气走出第一步

他站在原地，开始整理思绪，冷静地思考接下来该做的事。他必须在短时间内整理头绪，拿下主意，下定决心。这必须有足够的勇气才行。因为一旦走出第一步，就再也无法回头。

——《谁杀了她》

在东野圭吾的《谁杀了她》这部作品中，我们看到了私心的力量到底有多可怕。同时，我们也看到了冷静思考、逻辑清晰的人做事到底有多高的效率。这也正是值得我们学习的地方。

小说中，因担心情绪低落的妹妹，交警康正赶赴东京，然而迎接他的竟是妹妹的尸体。乍看上去毫无疑问的自杀现场在康正眼里却是破绽百出。他掩盖破绽，欲让警方以自杀结案，以便亲自寻找凶手复仇。因为妹妹的死对他的打击太大了。他想，让警察查出真相，缉拿凶手归案，这实在是太便宜了凶手。于是，不管怎样，他都想亲自抓住凶手，这样才能泄恨。

为此，他一边调查案件，一边阻止警察调查。刚开始，警方果然中计，以自杀结案。但是康正仍然在暗中展开调查。这时，唯有

警官加贺对此案充满怀疑。康正为了亲自缉拿凶手泄愤，便暗中破坏加贺的侦查。所以不管加贺如何步步进逼，康正都已经决心孤注一掷。两人在较量中慢慢地接近了真相……两人都是为了破案，但是目的各不相同。

康正在看到妹妹尸体的第一时间，便决定了要做这件事情——不让警察破案，他要亲自破案，亲自缉拿凶手。正如前面摘取的那段文字："他站在原地，开始整理思绪，冷静地思考接下来该做的事。他必须在短时间内整理头绪，拿下主意，下定决心。这必须有足够的勇气才行。因为一旦走出第一步，就再也无法回头。"

由此可见，主人公在第一时间知道了妹妹的死绝非自杀，因为他看到了破绽。但是下一步该如何走，他需要制订一个完整的计划。所以他开始试着让自己冷静下来，以避免在惊慌中失了方寸。

主人公果然按照自己的设想把案子破了。虽然触犯了法律，干扰了正常的司法工作，但是他如愿以偿地实现了自己最初的想法。这些完全得益于他的冷静思考。

在历史中也有不少关于冷静思考的案例。1799 年，当时法国的国力鼎盛。法国皇帝拿破仑一世派遣大将军马桑拿率领精锐部队共 18000 人，进军邻国奥地利。

当时，法国军队横行整个欧洲，几乎所向披靡。马桑拿的部队来到奥地利边界一座名叫弗雷其克的小城。弗雷其克没有正式的军队。面对法国大军，弗雷其克的人们也完全没有任何防御准备。眼看法军就要攻城，弗雷其克的人们都十分紧张，乱成了一团。

马桑拿的大军在复活节的上午来到弗雷其克城外。他们驻扎在高地上，耀武扬威地向城内高声呐喊。弗雷其克的居民代表们聚在一起，商量是守城还是投降。会议从早上开到了下午，人们仍然商议不出一个结果来。

最后，有位长老说："今天是复活节，我们从早上开会直到现在，也没有得出任何结论，完全是无能为力。为什么我们不停一下，一起来做复活节的礼拜呢？我建议立即敲响教堂的钟，召集居民们一起来做礼拜。至于那些法国军队，就交给上帝去对付他们吧！"

于是，弗雷其克城内各教堂的钟声齐鸣。城内的居民无论老少都聚集在教堂吟唱圣诗，庆祝复活节。

法国军队的统帅马桑拿将军作战经验十分丰富。他听到了弗雷其克城内传来的钟声及诗歌的吟唱声。经过研判，他对幕僚们说："情势不妙，今天早上我们大军初到时，城里哭声连天，乱成了一锅粥；而现在他们居然有心情庆祝复活节。根据我的经验，应该是城外有他们的援军即将到达！"

马桑拿与幕僚们商议后认为，不论对方的兵力虚实如何，法国军队孤军深入敌境，处境十分的危险。于是，马桑拿下令退兵。弗雷其克城不费一兵一卒，单靠钟声及吟唱圣诗而令法国退兵，一时传为美谈。

这个故事告诉我们，在遇到困难或者危险时，要冷静思考，明确当下的情形。只要逻辑清晰了，我们自然就能想到一个解决问题的办法。在东野圭吾的小说《谁杀了她》中，主人公出色的逻辑习惯，正是我们需要学习的。当然，我们想把思维逻辑锻炼得跟《谁杀了她》中的主人公那么清晰、冷静，就需要进行有意识的锻炼。主要从以下几方面着手训练。

首先，遇到事情后，你要先转移注意力，不要把注意力过多地放在事情本身上。否则，你就会为事情所困，难以开拓思维，这样就很难找到解决问题的方法。当你学会运用发散思维时，你才能够冷静下来思考解决问题的办法。如果你没法让自己保持冷静，最好先找自己亲密的人诉说，这是因为对方的抚慰往往能够分散你的一些注意力。

其次，如果问题不是很着急，那么，你可以暂时放下问题，放松一下心情。这样能让你有更多的时间和机会去学习知识，寻找解决问题的办法。因为**许多难题的解决方法往往会源自你放松状态下的灵感闪现。**

02 | 反证思维也会失灵

▶ 如果是物质层面的东西，我还可以提出反证，偏偏这四点都是心理层面的问题。

——《恶意》

如果要问，有什么总是让人捉摸不透的话，那么一个人的心理活动定然会占据首位。在东野圭吾的小说里，很多人物的心理活动都没有办法通过反证思维去推论。尤其是在某些时候，人物的心理活动会随着情绪或是特定的场景而改变，甚至在一瞬间超出正常的生活轨道。

在《恶意》里，有这么一段故事：在野野口修写的“自白书”里，加贺警官发现野野口修的个性与自白书里写的内容似乎有冲突，自白书里的一些内容仿佛并不符合生活逻辑。这让加贺警官对他心生怀疑。

一方面，野野口修说，由于有把柄在日高手中，所以他不得不充当日高的“影子作家”。但实际上如果野野口修主动向警方自首，不仅能减轻自己“杀人未遂”的罪名，还会葬送日高的作家生涯——按理说，身为全日本屈指可数的畅销书作家日高应该比野野口修更加担心这一点。

另一方面，日高掌握的把柄并没有办法给野野口修定罪，而且，当时唯一的目击者日高初美因为意外去世。野野口修一直对此耿耿于怀。

当加贺警官提出自己的疑问时，野野口修告诉他：“你也许觉得奇怪，不过事实就是这样，我也没有办法。现在，你问我为什么这么做，或者为什么不这么做，我只能说连我自己都不清楚。反正，我在当时的精神状态不是常理可以推断的。”

很简单的推论：我杀人是因为我当时的精神状态脱离了常理，我也不知道为什么。

野野口修的一句话让加贺警官顿时语塞，因为他很清楚：在野野口修的心理活动面前，自己所擅长的反证思维根本派不上用场。因为每个人的想法都是千变万化的，甚至有时候当事人也不知道为什么当时自己会有这样一个想法。

然而，在生活中，我们很多人都习惯以生活逻辑和反证思维去推导一个人的行为。但事实上，反证思维也会有失灵的时候，尤其是在某些特殊的时候，反证思维反而会让我们离事情的真相越来越远。

很久以前看过这么一个故事：一个小学生在期末考试的时候做错了一道题。因此，在放学的时候，他拿着那张 98 分的试卷走到老师的办公室门前，希望老师能够给他一次机会，将分数改成 100 分。

老师听了小学生的要求，笑了笑说："你是不是觉得没考到 100 分很丢脸？不是的，98 分已经很棒了。如果下次你细心一点儿，肯定能够拿到 100 分。"

没想到小学生摇了摇头，坚持让老师给自己改分数。这时候老师有点儿生气，说："既然不是觉得丢脸，那就一定是怕没考满分被家长责骂！"

谁知小学生"哇"的一声哭了出来，并且告诉老师他想改分数的原因：小学生是一名留守儿童。他每时每刻都挂念着在外地打工的父母。他记得，父母在离开前跟他说，如果他考了 100 分，爸爸妈妈很快就会回来了……

听了小学生的话，老师的心里一阵内疚。原来这位学生并不是因为考不到好成绩而害怕父母责备，而是因为父母的一个承诺才对 100 分如此在意。因此，老师破例将试卷成绩改成了 100 分，并且给孩子的父母打了一个电话，让孩子亲口告诉父母这个好消息。

故事里的老师便是因为通过反证思维去验证一个人的行为，所以差点儿破坏了孩子心中最美好的愿望。

其实，我们每个人心里都有一个不为人知的世界。那里藏着我们的秘密与过往。其中一些往事不管时光如何流逝都依然历历在目。

生活之所以如此充满魅力，正是因为世界上的每一个人都是不同的。他们有自己的习惯、有自己的想法，也有自己的生活态度。如果我们总是以反证思维去推导他人的行为，这无疑是一种忽略他人心理活动层面的片面推论。

人与人之间的交流便是如此奇妙。每个人的内心活动都是千变万化的。我们没有办法去理解他人内心的想法，也不能用现有的生活经验来评判他人的做法，更不用说通过反证思维去定义一个人的想法。世界上从来没有所谓感同身受，也许说的就是这个意思吧。

03 | 细节会出卖你

▶ “你是怎么知道的？”

▷ “我还没有迟钝到连床上的褶皱都看不出来。不过，更重要的是，我进门的一瞬间，就感觉到了你的气息。”

尚美看着新田的脸：“我的气息？”

“这个嘛，说白了就是你身上的味道。虽然你化妆绝不能说是浓重，但还是有一种味道。好闻的味道。”

“你能记得我身上的味道吗？”

“这个当然了，”新田耸了耸肩膀，“因为我们俩最近一直在一起嘛。”

尚美低下了头，因为她不想让新田看见自己脸上抑制不住的微笑。

——《假面饭店》

细数东野圭吾的推理作品，其细节展现无一不是逻辑清晰，尤其是那部纪念作家生涯 25 周年的《假面饭店》更是让无数的推理爱好者津津乐道。

《假面饭店》是东野圭吾的巅峰作品之一，尤其是他在故事里刻画的各种细节将情节推动得跌宕起伏，甚至到了匪夷所思的地步。这个故事讲述的是在东京内发生的连环杀人事件。故事以现场遗留的暗号作为开端，通过多次对暗号进行分析，得出下一次杀人将会在东京某饭店发生。为了阻止杀人事件的发生，警察局安排了几名调查员潜入饭店，并且以服务生的身份进行调查。

警官新田浩介被安排与前台尚美搭档。在搭档期间，新田与尚美之间发生了一些有趣的故事。我们不妨看看前面截取的文字片段：

“你是怎么知道的？”

“我还没有迟钝到连床上的褶皱都看不出来。不过，更重要的是，我进门的一瞬间，就感觉到了你的气息。”

尚美看着新田的脸：“我的气息？”

“这个嘛，说白了就是你身上的味道。虽然你化妆绝不能说是浓重，但还是有一种味道。好闻的味道。”

“你能记得我身上的味道吗？”

“这个当然了，”新田耸了耸肩膀，“因为我们俩最近一直在一起嘛。”

尚美低下了头，因为她不想让新田看见自己脸上抑制不住的微笑。

不得不承认的是，东野圭吾在刻画人物细节的角度方面的确有点儿刁钻。从一个伪装成服务员的警官身上，可以看出他骨子里对细节的注重。而通过这些细节，东野圭吾也为观众展开了一条全新的线索。

其实，如果我们细心关注的话，就会发现，很多不为人知的细节往往能够告诉我们关于生活的线索：也许一个不经意的动作能够让你看清一个人真实的性格，也许一句不经意的话能够让人听出对方的话外之音，也许一个不为人注意的小细节能够让你看清事实的真相。

这是一个人人都懂得伪装的社会。然而，细节却是没有办法伪装的，它往往会泄露事情的真相。以新田为例，他之所以能够注意尚美身上的细节，是因为他真心地热爱警官工作，并且将工作融入了生活。而很多人虽然能够模仿各种各样的专家，却没有办法做好每一个细节，因为他所缺乏的正是一份热爱。

奇奇最近迷上了模型，并且加入了学校的一个模型社。看着大家做出来的各种好看的模型，奇奇也抱着无比激动的心情买了人生中的第一台模型。

周末的时候，奇奇跟模型社的朋友们相约到社里一起做模型。看着散落的模型部件和拼装图，奇奇很快就把所有的部件都拼装了起来。短短两小时，他完成了自己的第一只模型。

而这时候，他看到周围的同学依然在埋头拼装。这让他感到有点儿不解：为什么自己一个新手竟然能够做得比他们还快呢？然而，他走近一看就明白了事情的原委：他做模型，只是将所有的零部件拼装在一起。而其他人都是通过慢慢打磨的方式来完成模型的细节。不管是水口、抛光、喷漆等工序，他们都做得非常仔细，为的是将模型的每一个细节都做到最好。

真正的热爱，会让我们去关注事情的每一个细节。不管是生活、工作，还是人际关系，一旦你开始注意细节，那么不用质疑，你已经爱上了这个领域。

回想一下：我们会为了一个重要的约会而把自己打扮得十分精致，甚至为了说好一句话而思前想后地琢磨许久；我们会为了一个重要的 offer 而连夜学习；甚至我们会为了一顿精致的早餐而花费一小时的时间，好让自己能够更好地享受生活……

所有的一切都是源自热爱。在生活中，不管我们如何伪装，细节从来都不会说谎，还会揭开我们虚伪的一面。所以当我们步入一个领域以后，就要去真正地热爱。因为不管是生活还是工作，只有真正的热爱，才会让我们焕发出灿烂的光芒。

04 | 有时直觉才是最好的判断

▶ 光凭直觉办案非常没有效率，可是只有这一次，我任凭直觉自由

▷ 发展。

——《恶意》

东野圭吾的推理小说之所以广受读者喜欢，其中离不开他那环环相扣的推理情节以及不断地颠覆原有结论的推理过程。然而，在小说《恶意》中却有这么一段情节，讲述了加贺警官在案件陷入僵局后，凭借直觉破解谜团的经过。

在作家日高被杀害以后，他的昔日好友野野口修竭尽所能地配合加贺警官的调查，并且利用作家编故事的特长将事情梳理了一遍。这样看来，野野口修似乎是为了帮助警察破案，并还好友一个公道而劳心劳力。可实际上加贺警官并不这样认为。他觉得野野口修这样做不是为了配合警方尽快破案，相反，他很有可能就是这件案子的凶手。

虽然野野口修将案件的来龙去脉都写了下来，并且将各个细节都写得清清楚楚，但是案发当晚野野口修的一句话，让加贺警官对

他产生了怀疑。

正是加贺警官这种“大胆推测，小心求证”的方式，让本来陷入困境的案件侦查有了新的方向。经加贺警官核实后发现，野野口修记录的文字与事实严重不符，并且具有严重的误导性。这让加贺警官逐渐看清了野野口修的真实意图，并且找到了全新的侦查方向。

加贺警官在一次次的侦查中进一步证实了自己的想法，最终凭借精湛的推理将凶手绳之以法——这一切都是因为加贺警官敏锐的直觉。

也许对于一个警察而言，依赖直觉办案并不是一个明智的选择。然而，身为警察也应该懂得“不破不立”的道理。当案件中的所有线索都断了的时候，警察也可以尝试着推翻此前的种种结论，听从自己的直觉，以此来对案件进行勘查。也许这样会获得案件的新线索。

很多时候，直觉的确能够为我们提供正确的判断。当我们陷入迷茫，不知要走向何方的时候，不妨尝试着听从内心的意见，相信直觉为我们做出的判断。也许这会让我们更顺利地走出迷茫和阴霾。

比如，在我们身边就经常会发生一些类似的情况。莉莉是一家服装店的老板，其物美价廉的服装深受附近街坊的喜爱。然而，最近由于小店的房租上涨，再加上生意日渐冷清，莉莉发现服装店这几个月一直都在亏本。这让莉莉陷入了两难：是关了服装店，还是咬牙坚持下去？莉莉对此一直都拿不定主意。毕竟这家服装店已经营了将近五年，莉莉为其付出了许多心血。

正当莉莉心中迷茫的时候，她突然有了一个想法：是否可以通过开设网店来拓展销售渠道，从而减轻服装店经营的经济压力？莉莉觉得这个想法虽然尚未成熟，但的确具有可行性。与其让服装店一直亏下去，不如相信自己的直觉，奋力一搏。

因此，莉莉马上注册了网店，并且花了几天时间将产品上架。没想到，她的网店很快就俘获了一些粉丝，销售额也节节攀升。莉莉的服装店由此成功地渡过了难关，得以继续经营下去。

也许莉莉当时也没有想到，一个不经意的决定竟然让服装店迈过了那个看似无法跨越的门槛。后来，附近很多的实体店店主都来找莉莉取经，而莉莉每次都是告诉他们："当你找不到出路的时候，不妨尝试着相信你的直觉。当你理性地看待那些看着不靠谱的直觉时，你就会发现灵光一闪的直觉也许就是眼前最好的判断。"

有时候，生活的魅力就是如此。在很多时候，经过深思熟虑所做出的判断并不一定比依靠直觉做出的判断更加正确。很多时候，一个莫名的想法往往会让人从迷茫、绝望中看到柳暗花明的一面。因此，任由直觉自由地发展也许能够帮助我们在生活中找到更好的道路。最重要的是，要相信内心给你的指引，敢于去尝试不一样的道路，然后，勇敢地迈出每一步。

05 | 当记忆如拼图般拼接起来，人生的答案就会忽然出现

脑海中忽然发生了某种变化。那种感觉就像是此前一直被认为是毫无关联的拼图中的一片，在意想不到的地方突然出现，并且完美地嵌入了整张图中一样。

——《假面饭店》

如果在东野圭吾的作品里选一部最难侦破的小说，那么《假面饭店》可以说是首选。散落的线索与层层的迷雾让整个事情都开始变得扑朔迷离起来。

随着剧情的推进，新田陷入了层层迷雾之中，散落的线索让他无法辨别事实的真相。进入酒店以后，新田所见到的一切让他无从思考，一切线索都乱成了一团麻。不管新田如何梳理身边最近发生的事情，结果都是无功而返。

迷茫的新田常常回想起过去的点点滴滴。突然间，一件小事让他顿时醍醐灌顶，并且成功地找到了新的线索。灵光一闪的瞬间让他身边的迷雾顿时消散不见。正如书中所言："脑海中忽然发生了

某种变化。那种感觉就像是此前一直被认为是毫无关联的拼图中的一片，在意想不到的地方突然出现，并且完美地嵌入了整张图中一样。”

当局者迷是每个人都会遇到的难题。有时候受情绪与欲望影响的我们往往需要通过一些回忆帮助我们走出迷雾。在生活中，我们总会有灵光一闪的时候，更为重要的是这总能够帮助我们解决一些问题，让我们走出迷雾。

比如，当我们因失恋而痛苦得无法自拔的时候，偶尔想起跟朋友相聚的欢乐场面，痛苦也会因此减轻几分，毕竟爱情并不是生活的全部。当我们被生活的琐碎折磨得抓狂的时候，偶尔想起了肩上的家庭责任，一切都仿佛变得风轻云淡起来。

举个例子，在广州打拼多年的栗子小姐最近遇到了不少烦恼。工作上的挫折让她渐渐看不到奋斗的意义。曾经自以为豪的工资已经无法满足她的日常支出。而且，一个人在外地生活让她总是感到无比的寂寞。

每天忙碌的生活让栗子小姐感到无比疲倦。面对做不完的工作、看不清的未来，栗子小姐开始变得消极。她不知道是否还应该留在这座城市。对于她而言，任何一个选择都会让她感到后悔。

消极的她实在没有办法安心工作，于是开始回想起曾经的梦想与志向。当年，她来到广州，就是为了能让家人过上更好的生活。那么多年过去了，如今她的生活依然是一团糟，更不用说改善家人的生活。这对她而言无疑是违背了自己的初衷。

于是，栗子小姐果断地递交了辞职报告，回到家乡找了一份稳定的工作。自此，栗子小姐的生活开始变得更加轻松自在，并且，她有了更多的时间去陪伴家人。

也许很多的人都有着像栗子小姐那样的烦恼，然而，并不是每一个人都能够在物欲横流的现实中像栗子小姐那样勇敢地放弃眼前的生活，找回自己的初心。

有句话是这样说的：如果你现在感到迷茫，那么你可以去看看以前的日子，看看自己是怎么一步步地走向迷茫的。是啊，我们谁也没有办法保证自己能够一直走在正确的道路上。也许生活的琐碎以及物质的贫乏会渐渐地碾碎我们的初心。然而，这并不要紧，只要我们在迷茫的时候能够找回自己的初心，也许一切都没有那么糟。

06 有因必有果

▶ 不管什么问题，都必然存在着答案。

——《盛夏的方程式》

在东野圭吾的作品《盛夏的方程式》中讲述了一个关于因果的故事。在海边小镇的度假旅馆中，有一个名叫家原的客人突然离奇消失。人们发现家原死在了海底的乱石堆上。根据案情，警方初步认定死者是醉酒后不慎跌落在乱石堆上身亡。然而，多多良警官调查发现，事情并不是如此简单……

法医经过验尸断定死者的死亡原因是酒后服用了安眠药，然后导致的一氧化碳中毒死亡。因而，警官开始从家原的身份查起。死者前往度假旅馆是为了16年前的一宗杀人案。仙波英俊在杀死了一名女子后，被警察家原抓捕……随着警方的深入调查，这宗16年前的案件真相逐渐水落石出。

16年后，警察家原被仙波对女儿成实的想念感动，于是来到了成实居住的旅馆，想要安排他们父女见面。然而，家原的计划却被旅馆老板听到。为了保住旅馆声誉，旅馆老板让侄子恭平堵住房间的烟囱，然后故意泄漏一氧化碳杀害了家原……

东野圭吾在故事中设立了许多因果循环的线索：16 年前仙波为了隐藏女儿的罪行，代替女儿坐牢；16 年后，错抓了仙波的警察家原想要弥补他们父女时却被故意杀害……一切正如小说中说的那样：不管什么问题，都必然存在着答案。

事实上，我们所遇到的问题，都是我们此前种下的种子萌芽后的结果。正如著名主持人蔡康永所说的那样，15 岁时觉得游泳难，放弃了。18 岁时遇到一个你喜欢的人约你游泳，你只好说“我不会”。18 岁时觉得英文难，放弃了。28 岁时遇到一个很好但要会英文的工作，你只好说“我不会”。人生前期越嫌麻烦，越懒得学，后来就越有可能错过让你动心的人和事，错过美好的风景。

每一次失意，背后都有着我们曾经对生活的妥协。每一次矛盾的激发，背后都有着一些看似微不足道的根源……很多时候，我们都在苦苦地追求生活的答案。可实际上，我们忽略的恰恰是生活的根源。

阿飞上高中时由于压力太大开始自暴自弃。后来他与一群坏学生混在一起，每天旷课逃学，成绩也是一落千丈。

虽然父母跟老师都不止一次地劝阿飞好好学习，然而，正处于叛逆期的他怎么也听不进去。两年后，阿飞好不容易拿到了高中毕业证，并且放弃继续读书的念头，走入了社会。

不知不觉 10 年过去了，阿飞依然在城市的一个小工厂里苦苦打拼。他身边的人纷纷跳槽，而他却因为学历低，几次申请晋升都以失败告终。他不得不继续窝在工厂里干苦力活。对此，阿飞常常抱怨这个社会的不公，并且开始自暴自弃。

然而，真的是命运对阿飞不公吗？不，真正让阿飞一直徘徊在社会底层的根源是他当年在学校里种下的因。

试想一下：如果当时阿飞能够刻苦学习，也许他的未来便会有所不同。如果当时我们能够坚持锻炼，也许现在就不会成为大腹便便的模样。如果当时我们能够再努力一把，也许今日便不会在社会上到处碰壁……

如今我们所经历的生活，其实就是过去我们所种下的因。但不管怎么说，过去的已经成了过去，那些错过的时光并不是我们抱怨的理由。重要的是我们要更好地建设当下的生活，将未来的种子埋下，等待它的生根发芽。

07 | 有时真实的东西只能想象出来

人们为了逃脱罪责而说谎，为了努力生存下去而说谎。谎言是真相的影子，而影子下的东西，我们只能想象。

——《新参者》

相信大家对于前面摘录的文字都不陌生。因为《新参者》是东野圭吾最成熟的推理作品之一，其同名电视剧也成为近年来最受欢迎的日剧。

《新参者》是一部关于谎言的作品，各种善意的谎言贯穿了整个故事。然而，在剧情的最后，通篇唯一一个充满恶意的谎言终于被加贺警官揭穿。

作为一部推理小说，《新参者》的人物关系是复杂的。被谋杀的单身少妇名叫三井峰子。加贺警官对她身边的人以及她死前接触过的人都一一进行了调查。然而，三井峰子的亲属以及她死前曾经接触过的人都撒了谎，但他们的谎言都充满了善意。

那个曾跟三井峰子洽谈理赔事宜的保险业务员虽然明明有不在场的证明，但是他愿意为帮助客户隐瞒病情而放弃证明自己。那个钟表店的师傅虽然隐瞒了与死者见面的地点，但这一切都是为了掩盖他偷偷关心女儿的父爱……面对一个个谎言，加贺警官渐渐明白，谎言的背后有着某种让人看不到的东西。它可能是温暖人心的善意，也可能是赤裸裸的恶意。

最终，加贺警官将目光锁定在三井峰子与前夫经营公司时的税务师要作身上。加贺警官之所以对他产生怀疑，其中最重要的一个原因是他送给孙子一个陀螺。税务师要作说，有人送给他一个陀螺，而他又将陀螺送给了孙子。可是加贺警官发现，税务师要作送给孙子的陀螺与陀螺绳并不是原装的，陀螺绳是另外配的绳子。而不巧的是在仪器的鉴定下，杀死三井峰子的凶器正好是那个陀螺的原装陀螺绳。

那么，税务师要作为什么会对三井峰子下杀手呢？在加贺警官的调查下，案件真相大白。为了帮儿子偿还债务，税务师要作不惜铤而走险，贪污了三井峰子夫妇公司的钱。在得知三井峰子最近亟须用钱以后，税务师要作别无他法，只能将三井峰子杀死。

不得不承认这部作品承载了太多的社会上常见的人性与温暖，而故事里所有人的情感仿佛都是在谎言下隐藏着：看似对婆婆百般怨言的儿媳偷偷地给她准备剪菜用的剪刀，扬言要跟女儿断绝关系的父亲却借着遛狗的名义到庙里偷偷地给女儿祈福……在看似冷漠的表面背后，藏着的是人与人之间的温暖。而几十年来一直为三井峰子尽心尽力地管理财务的税务师要作却亲手杀害了三井峰子，并且妄想将这一切一直隐瞒下去。因此，税务师要作所编的一套说辞背后却是赤裸裸的恶意。

很多时候，我们所看到的不过是他人精心编造的故事，事实的真相往往隐藏在那些故事的背后。而想要探索事情的真相，我们只能够依靠自己的想象与求证。

在生活中，我们随处可以看到这样的现象：一个口口声声说不喜欢学习的孩子，也许他最在意的便是自己的考试成绩；一个在职场上装作什么都不在乎的人，也许他才是公司里最上进的那个人；一个总是拒绝追求者的女生，也许她只不过是渴望追求者再主动一点儿……

不要轻易地相信我们的眼睛所看到的，因为眼睛的作用只不过是用于欣赏事物的华丽外衣，而要看透事物的本质，我们除了需要用眼睛认真仔细地观察以外，更重要的是需要用大脑去思考。

我们的眼睛所获取的信息只是反映了事物的某些方面。而要获得事物更全面的信息，我们还需要询问别人对事物的看法，收集更多的资料，甚至对事物进行较长时间的观察后，再由大脑综合各方面的信息，对事物做出判断。所以面对繁复多变的生活我们不妨多留一个心眼儿，多去想一想事情的始末与发展，然后认真思考，只有这样才能得到我们真正想要寻找的答案。毕竟**很多事情我们必须首先识别谎言和伪装，才能够看到背后的真相。**

08 | 人是一种“双标”的生物

这是成年人干的事儿？成年人真像是不可思议的生物，有的时候说不能有差别，有的时候又巧妙地举荐差别。这种自我矛盾怎么才能理解呢？自己是不是也会逐渐成为这样的人呢？

——《信》

如果说人是一种“双标”的生物，那么肯定会有很多人觉得不舒服。然而，很多时候，铁一般的事实却让我们无法否认。

在小说《信》里有这么一幕：刚志与直贵两兄弟发生了矛盾，弟弟直贵一直对哥哥刚志有偏见。其中，最重要的原因是刚志的入狱让弟弟直贵一直顶着“犯罪者家属”的标签。于是，直贵将生活中所有的不如意都归结为哥哥的入狱。他甚至将自己对生活的不满都宣泄在了哥哥的身上。

直贵与哥哥断绝了关系，搬到另一个地方居住，并组建了家庭。当直贵有了一个可爱的女儿后，他对哥哥刚志的偏见才有所改观。事情的源头是这样的：直贵的女儿实纪在一宗抢劫案中受伤，额头留下了一个永久性伤痕。作为受害者家属，直贵怒火中烧，并且一直在唾骂犯罪者家属。

当犯罪者家属跟直贵道歉时，直贵本想对他们劈头大骂，然而，他突然想到自己也是一名犯罪者家属。这些年来他因为犯罪者家属的身份而感到生活十分的灰暗。他曾经在心里无数次地咒骂：为什么犯罪的不是自己，却偏偏要接受社会的责备与歧视？

当直贵要责备那个犯罪者家属时，他突然惊醒了。他想："成年人真像是不可思议的生物，有的时候说不能有差别，有的时候又巧妙地举荐差别。这种自我矛盾怎么才能理解呢？自己是不是也会逐渐成为这样的人呢？"

相信很多人都听说过这么一句话：我们终将会成为自己最讨厌的人。而其中的原因就是，我们都太过于以自我为中心，总是对自己过分仁慈，而对他人的要求特别高。

几年前，小淳是一个不折不扣的工作狂。他每天都要加班到凌晨。他的女友小欣对此感到十分不满，并且多次以分手作为要挟。

后来，小淳在加班时再次接到小欣以分手为要挟的电话。他一气之下答应了与小欣分手，并且删掉了小欣所有的联系方式，重新投入工作。他认为，爱情不是口头说说而已，真正的爱情应该以物质作为基础。

过了几年，小淳到了适婚的年龄。这时候，他的工作比较稳定，稍有积蓄。他倾向于与相爱的人过上简单的生活。此时，小淳认识了一个女生小薇，并且很快就拜倒在了小薇的石榴裙下。

不巧的是，小薇的事业心很强。虽然跟小淳确立了关系，但小薇的生活重心还是以工作为主。她不仅每天加班到凌晨，还隔三岔五地去外地出差。

小淳不止一次地跟小薇说过这事。可是小薇每次都口头答应多抽时间陪他，实际上却加班依旧。每当小薇加班时，小淳总是一个人在家，心里很不是滋味。后来他跟小薇摊牌，并且质问小薇，是选择自己，还是选择工作。没想到小薇想都没想便选择了工作，这让小淳感到无比的伤感。

每当说起小薇时，小淳总是抱怨，小薇永远都是只知道工作，不懂得生活。许多朋友听了以后，都为小淳感到不平。

从这个故事看来，小淳的经历的确是有点儿悲伤。小淳真心相待的女友小薇竟然选择了工作而不选择他。但是回过头一想，小淳不是也曾经因为沉醉于工作而忽视了小欣的一片真心吗？

生活中经常会遇到这样的事情：我们所抱怨的也许就是我们之前的言行。每个人的言行都会表现出“双标”的特点，一方面要一视同仁，另一方面又想方设法地为自己出格的举动找借口。

人是一种奇怪的生物，总是在自相矛盾中挣扎着。也许我们没有办法避免这种人性中的劣根，然而，在我们评判他人时，不妨先三省吾身，以避免出现“双标”的情况。

09 | 活着的哲学逻辑并非生命体征正常这么简单

▶ 所谓活着并不是单纯的呼吸，心脏跳动，也不是脑电波，而是在
▷ 这个世界上留下痕迹。要能看见自己一路走来的脚印，并确信那些都是自己留下的印记，这才叫活着。

——《变身》

在生活中总会有人说：“过去了就过去吧，总是想起过去的事根本没有意义。”事实上，过去我们所经历的一切都是生命的足迹，同样，也是我们走向未来的最重要的原动力。

在作品《变身》中，东野圭吾通过一次偶然发生的抢劫案道出了他对生命的见解。在一次意外中，主角纯一为了救一位小女孩而导致右脑被击穿。按照常理，一般人若是遭遇如此重伤难免死亡。但是在主角身上却出现了奇迹：他成为第一例脑移植成功的病人。

一时间，纯一走进了大众的视野。作为首例成功实现脑移植的患者，他拥有独立病房与无数的康复费。而这个单纯的上班族也表现出了一种欣喜若狂且心有余悸的惊喜。毕竟在这种惊险的情况下依然侥幸地活了下来，这让他对未来充满了希望。

然而，过了一段时间以后他发现了问题。由于脑移植引起了短暂性的记忆缺失，过去的很多事情他都无法记起。对于他而言，每一个明天都是陌生的。他不知道明天会发生什么事，唯一可以确定的是医生告诉他的事——距离出院又接近了一天。

没有了对过去的回忆，明天也就变得没有任何意义。在失去了部分记忆后，纯一开始变得残暴嗜血。手术后的他与之前懦弱胆小的他完全判若两人。也许在身边的人看来，当年的纯一已经死去，而眼前这个凶残暴戾的男子不过是行尸走肉，或者是一个不同于纯一的人罢了。

正如东野圭吾在书里写的一样："所谓活着并不是单纯的呼吸，心脏跳动，也不是脑电波，而是在这个世界上留下痕迹。要能看见自己一路走来的脚印，并确信那些都是自己留下的印记，这才叫活着。"

我们每个人的生活也是如此。正因为有了昨天，所以我们才会有活着的感觉。试想一下：如果我们失去了往日的记忆，那么我们活着是否还有意义？那些我们想要保护的美好愿望，到头来不过成了一片空白。一旦失去了那些曾经想要改变世界的梦想，未来也就不再剩下什么了。

不久前，自杀未遂的小苏在接受心理治疗时，道出了自杀的真相。他曾经患有失忆症，25 岁之前的记忆基本上是一片模糊，就连面对自己的父母时也难免感到陌生。

其实，小苏的家庭环境并不差。早年发生的一次意外使小苏获得了一笔丰厚的赔偿金。按说他应该就此过上人人羡慕的生活。事实上，周围的很多人对小苏的自杀感到不解。然而，心理医生却告知：每一个患有失忆症的人都会长期患有严重的孤独症。尤其是一些失去童年记忆的人，由于他们没有办法跟父母交流，也没有办法提起精神做任何事情，以致记忆的缺失让他们失去了对未来的向往。

试想一下：一旦我们失去了过去的记忆，我们对身边的每一个人都感到无比陌生，也不能对任何人产生信任，不能对未来有任何的期望。哪怕是曾经山盟海誓的伴侣，此时也不过是在过着同床异梦的生活——如果失去了记忆，我们的生命将变得一无所有。

我们的生活并不仅仅是依赖生命体征而存在着。我们活在这个世界上，还需要人与人之间的信任与认同。一旦我们失去了信任这个世界的能力，那么我们的生命也就没有了任何价值。

毕竟我们的人生并不是单纯的呼吸如此简单。真正的人生是由无数个昨天堆砌起来的。从哲学的角度看，我们活着的意义在于能够拥有值得信任的朋友，拥有哪怕遥不可及却值得我们撒腿狂奔的梦想，拥有那些最珍贵的记忆以及值得我们耗费一生去守护的家人。

所以生命体征不过是我们活着的基石，而真正意义上的活着还需要拥有人与人之间的信任与交流。如此我们才能够拥有一个有血有肉的丰盈人生，而不是行尸走肉一般浑浑噩噩地度过一生。

Chapter 08

你以为深藏不露，但这些都是公开的秘密

谎言，是我们生活中不可或缺的一部分。不管是一个多么诚实的人，在他的一生中都不可能没有说谎的经历。然而，没有人愿意让别人揭穿自己的谎言。虽然很多人都以为自己的谎言天衣无缝，但事实上旁人却从他的一举一动中看出了端倪。当谎言被揭穿的那一刻，所有的一切都会变得不一样。

01 | 无声沟通，心知肚明

唯有那家图书馆，才是他们两人的心灵休憩之处。他们只是想保护自己的灵魂。结果，雪穗从不以真面目示人，亮司则至今仍在黑暗的通风管中徘徊。

——《白夜行》

有时候，语言在生活中的作用十分苍白。人与人之间的一些交流有时候并不能运用语言来表达，而且，一些交流则无须运用语言来表达。**有时候，人与人之间的交流只需要一个眼神、一个特定的场景或是一次莫名的搭肩……**

在《白夜行》里，西本雪穗跟桐原亮司看上去是两个不同世界的人，然而，他们背后却有着千丝万缕的关系。在他们两人之间，有一个秘密“基地”，那是一家普通的图书馆。

他们会在图书馆相遇，然后，两人或者对视一眼，或者视而不见。仅仅是这短短的一秒钟，则让两人互相交换了彼此的信息，传达了自己要说的话。

也许他们都希望对方出现在图书馆里，因为这样就能够证明彼此依然安好。而且，在图书馆里，他们可以放下自己的过去与心灵的压力，真正成为一名普通的人。正如书中所言：“唯有那家图书馆，才是他们两人的心灵休憩之处。他们只是想保护自己的灵魂。结果，雪穗从不以真面目示人，亮司则至今仍在黑暗的通风管中徘徊。”

是的，雪穗跟桐原亮司都很清楚对方的底细。桐原亮司是唯一知道雪穗杀死了母亲西本文代的人，而雪穗也知道桐原亮司为了救她而杀死了父亲桐原洋介。然而，他们从来不会在他人面前露出蛛丝马迹。多年来的默契让他们只需要一个眼神就能够看到彼此的想法。

不知道大家有没有经历过这样的情况：有时我们仅仅是跟好朋友对视一眼，便清楚地知道了他们想要说的话。有时我们跟小伙伴一同守护一个秘密。当不知情的人因为无法破解秘密而抓狂时，我们总是与小伙伴对望一眼，然后彼此露出一个心知肚明的微笑。

其实，很多年的好友或是夫妻都能够通过无声的信息传递来了解对方的情况。重要的是有时候那些无声的沟通与语言表达相比更加真挚，更能够让人感到心安。

小小的男朋友小尹不檀言辞。每次聚会时，小尹都会因为自己的笨嘴拙舌而出糗。朋友们在笑话他的同时，也感到十分不解：为什么当年的班花小小选择了一个这么“差劲”的男生？

在小小的 25 岁生日时，大家忽然明白了小小的选择。整个生日派对都是由小小的男友小尹布置的。而且，不管是食物、饮料或是其他方面，他都安排得井井有条。在派对期间，小尹一如既往的沉默寡言。他只是一个人坐在一旁静静地玩着手机，偶尔抬头看一眼正在跟朋友们闲聊的小小。

突然，小小回头看了小尹一眼。小尹立马放下手机，走进厨房将切好的水果端来送到桌子前。其间，小小想要站起来，小尹朝着她微微地摇了摇头。然后，小尹从房间里取出了小小准备的巧克力分给大家。

派对结束后，大家都对小小的男友小尹的表现惊讶不已。小小则是见怪不怪地说："你们别看他平时总是不说话，他可关心我呢。有时候我也会感到很惊讶。他仿佛仅仅是通过眼神就能够知道我在想什么。想来他一定很喜欢我，所以才愿意花那么多时间去了解我。"听了小小的话，大家突然对小小有那么一点儿羡慕。

无声的沟通寓意着彼此的默契与理解，因为这是人与人之间最美妙的语言。能够运用无声的沟通给你带来温暖的人，也许便是这个世界上最懂你的那个人。试想一下，如果你的生命中也有这么一个人，他能够懂得你的窘迫、懂得你的需求，他对你避忌的一切了如指掌，也对你的小心思心知肚明……如果你的生命中有这么一个人，那么生活该是多么的幸福。

02 | 深埋在内心，露于言语间的瞬间力量

> 突然有声音响起，平介前面的一名男子站了起来，是那对夫妇中的丈夫。他用低沉的声音对妻子说："我们回去。"这简短却突兀的一句话里，深埋着万念俱灰的悲伤。
>
> ——《秘密》

语言的力量有多么重要？相信每个人都会有不同的见解。有的人讲起来滔滔不绝，可实际上能让人听进去的却不多。有的人只是说了一句十分简单的话，便能够震撼人们的心灵。

在小说《秘密》里有这么一个情节：一宗严重的车祸发生后，受害者的家属集中在社区的一个会议室里，等待着与肇事者协商赔偿事宜。在会议进行到一半时，主持会议的部长突然宣布：协商结束后，肇事司机的妻子想要跟大家道歉。

话音刚落，本来喧闹的会议室一下子便凝固了。每个人都憋红了脸。就连平介也开始感到血气上涌，手脚冰凉。就在这时，平介前面有一名男子突然站起来，他对身边的妻子说："我们回去。"

就这么简简单单的一句话，让平介感到异常的震惊。他从来没

有想到，这么简单的四个字竟然能够给人带来如此深刻的悲伤。在平介听来，这名男子的话透露着一种万念俱灰的无奈，仿佛将内心的悲伤与愤怒一涌而出。

我们可以想象当时的情景，一个因车祸失去孩子的中年男人在听到肇事司机的妻子将要到来时，内心的悲愤统统化作一句简单的话，从牙缝中挤出。

很多时候，语言的力量并不取决于我们说话的长短，而是在于我们内心的情绪强烈与否。如果一个人内心的情绪泛滥，那么他说的短短一句话都能够影响到身边的人。在我们身边，总能够看到一些乐观向上的人。他们总能够成为人群的中心，给大家带来欢乐。其中最重要的原因还在于他们心里有太多的快乐与乐观。

是的，语言往往是我们内在情绪的释放媒介，大部分人都会选择运用语言来表达自己的喜怒哀乐。而那些压抑在心中许久的情绪，会把语言变得更加深沉有力。

沉默先生是一个内向的男生。多少年来，他由于性格内向而错过了许多姻缘。最近沉默先生认识了一个女孩肖肖。两人一见如故，经常约会。

沉默先生对肖肖动了心。肖肖的一颦一笑都能让沉默先生欢喜一整天。然而，性格内向的沉默先生虽然喜欢肖肖，但是由于胆怯而不敢跟她表明心迹，唯有将汹涌的爱慕之意强压在心底。

虽然两人交往时，肖肖曾经多次向沉默先生暗示，可是懦弱的沉默先生始终将情话深深地埋在心底。过了半年，肖肖见沉默先生迟迟不跟自己表白，于是开始对他日渐冷淡。一想到自己心爱的女孩就要离开，沉默先生什么都顾不上了，立马找到了肖肖，将满腔的爱意脱口而出。

如今沉默先生与肖肖已经结成连理。两人偶尔在谈论这段往事的时候，肖肖总是打趣地说，当时从沉默先生的眼里看到了不一样的深情。虽然只有短短几个字，却仿佛蕴含了沉默先生无比深厚的爱意。

每个人都希望自己的语言能够沉稳有力，然而，真正有力的语言需要时间去沉淀。也许我们曾听过那些简洁有力的语言，它们都在内心的情绪喷发时汹涌而出，从而给人一种充满力量的感觉。

比如，在赛场上，运动员的一句自我鼓励，看起来是那么充满力量，这一切都是源自他十年如一日的坚持与自信；母亲面对孩子时所发出的呼唤深情而有力，这是源于她内心汹涌的母爱……

真正有力量的语言，都源自内心情感的厚积薄发。那是多年如一日沉淀和积蓄的力量，在情绪汹涌时的突然爆发。因此，语言与情绪是相连的。我们的语言往往都带着内心深处的情绪，而内心的情绪也需要通过语言来宣泄。

所以不要小看语言与情绪，尤其是那一瞬间的语言力量，足够让身边的人深受感染。

03 | 个性这种东西是不会改变的

我可以感到他的个性充斥在字里行间，个性这种东西是不会改变的。

——《恶意》

如果说在人的一生中有什么是不会随着时间的推移而改变的，那么个性肯定是其中之一。在东野圭吾的小说《恶意》中有一个关于“个性”的情节：野野口修在交代杀人动机时，坦白了作家日高逼迫自己当“影子作家”的事情。此事泄露以后在社会上掀起了轩然大波。

加贺警官为了验证自白书的真实性，开始走访野野口修与日高两人共同的同学与老师。加贺警官跟一位同学聊了一会儿后，发现这位同学的见解对于验证事情的真伪有一定的帮助。

这位同学在读过日高的作品后，明确地告诉加贺警官那一定是野野口修的作品，因为他从作品的字里行间读出了野野口修的个性。

这位同学与野野口修多年未见，为什么他能够自信地肯定所读作品便是出自野野口修之手呢？也许他的自信就是源自印象中野野口修的个性。

试想一下：如果我们每个人的脸在一夜间变得完全一样，那么我们应该如何辨认身边人的身份呢？也许辨认他人独特的个性便是一种很好的方法。而这位同学虽然没有看到野野口修现场写作的情形，但是能够从文字中感受到野野口修的性格与特点，从而断定这部作品出自野野口修之手。

个性是我们在成长过程中逐渐形成的价值观与习惯。比如，有的人善于社交，跟人聊天前总是先微笑；有的人喜欢哗众取宠，总是习惯在公共场合起哄；也有的人比较腼腆，跟人说话时总是一副不知所措的模样……

个性是伴随我们一生的性格特征，有时甚至能够决定一个人的命运走向。弗兰克·阿巴格内尔是美国联邦调查局的安全顾问，其设计的防伪支票一直被美国各大银行沿用至今。弗兰克在任职期间识破了无数金融骗术好手的诈骗技巧，并且成立了自己的安全顾问公司。

然而，这并不是让弗兰克这个名字家喻户晓的原因。真正让他为世人所知的是他那与生俱来的“犯罪天赋”以及江湖上流传的他那空手骗取数百万美元的传说。

20 世纪 60 年代，弗兰克一直以伪造支票、假钞及冒充身份而闻名世界。从 16 岁开始，他一共伪造了 26 个国家的支票，涉及金额高达 250 万美元。

他曾经凭借自己的能力与天赋，冒充航空公司飞行员、教师、医生、律师等不同职业的人，至少以 8 种不同的身份实施过诈骗，并且两次从拘留所逃脱。

21 岁便成为多个国家通缉要犯的弗兰克被誉为 20 世纪最伟大的诈骗艺术家，就连 FBI 也对他无计可施，只能将他列为头号通缉犯——历史上年纪最小的头号通缉犯。

然而，这位将联邦探员玩弄于股掌的诈骗犯最终还是在 21 岁那年被捕。而被捕原因便是他与生俱来的个性和习惯。

当时，弗兰克正在快餐店进餐。两名便衣侦探无意间发现他与通缉多日的弗兰克长相一模一样。但是这位探员不敢确认，于是心生一计，大叫一声："嘿！弗兰克！"

听到有人叫自己的名字，弗兰克下意识地回应了一声并且回过头来。这时便衣侦探确认了弗兰克的身份，立即将他逮捕。后来，弗兰克在说起这件往事时，自嘲道："这个例子可以证明，再精明的人有时也会犯很低级的错误。"

其实，让弗兰克失手被捕的恰恰是他童年时所形成的个性。小时候，母亲经常呼唤他的名字，而他总是高兴地回应母亲的呼唤。后来，他上高中时，母亲因为结识了一个富人而抛弃了他。面对突如其来的打击，弗兰克执意离家出走，并且踏上了犯罪的道路。

此后，他一路化名进行诈骗。然而，对本名的感知已经深深地烙印在弗兰克的个性当中。当有人喊他的名字时，他便下意识地回应了一声，从而暴露了自己。

由此可见，无论我们如何掩饰，有些事情始终没有办法骗过别人的眼睛。个性是最能表现一个人性格差异的特点。也许在成长过程中，我们会变得成熟稳重，然而，在内心的最深处，我们依然保持着对生活最初的态度与信仰。毕竟真实的我们并不会随着时间的流逝而改变，你觉得呢？

04 | 语言会出卖你的内心

▶ 他显得异常兴奋而多话。这是真凶显露面目的典型表现
▷ 之一。

——《恶意》

在现实生活中，很多人都习惯于运用语言来掩饰自己内心的真正想法。殊不知很多时候语言非但不能完全掩饰我们的想法，有时候还会成为“出卖”我们内心的元凶。

在东野圭吾的小说《恶意》里便有这么一个情节：作家日高被谋杀以后，由于缺乏足够的线索，警察们对案件一筹莫展，调查工作也因此一度搁浅。其间，最先发现尸体的野野口修曾多次问及日高的死亡时间，这引起了警官加贺的特别注意。

在加贺警官的调查下，事实的真相逐渐浮出了水面。最终在证据确凿的情况下，日高的昔日好友野野口修被指证为凶手。事实的真相让所有人都感到震惊不已。而让人更加感到惊讶的是，加贺警官的推理能力竟然如此出色，就连本以为杀人计划完美无瑕的野野口修也对这名警官另眼相看。

那么，加贺警官是从什么时候开始怀疑野野口修是真正凶手的呢？他在日记中写道："我之所以能够跳出常规思维，从作家日高的昔日好友野野口修开始调查，主要原因还是他的语言出卖了他。要知道，当一个普通人在得知好友被杀后，一般情况下他都会显得惊慌失措，甚至产生逃离现场的强烈欲望。而野野口修则连续几次向警方询问死者的死亡时间。并且，他在事发当晚显得异常兴奋而多话。这是真凶显露面目的典型表现之一。"

也许野野口修永远不会想到，自己伪装出来的对死者的关心居然是引起警方怀疑的重要原因。作为东野圭吾作品中反转最多的小说，《恶意》这部作品将语言的艺术发挥到了极致。警官加贺更是多次以语言作为引子，搜寻到新的证据。语言在这部小说里不仅仅是蒙骗他人的武器，同时也是出卖自己的表现。"言多必失"的道理在这部小说里可谓展现得淋漓尽致。

其实，在现实生活中也一样，**我们总是想用语言去掩盖内心真实的想法。可事实上这样做只能是欲盖弥彰，弄巧成拙。**我们自认为很高明的演技，很多时候只不过是自作聪明罢了。

惠萍是一家外资企业的员工。平日她的业绩一直十分稳定，在团队中保持中上游的位置。然而，最近惠萍由于把精力都放在了自己是否应该跳槽这件事上，她这个月的业绩大不如以前。

眼看月底考核业绩的日子即将到来，为了掩盖自己想要跳槽的想法，惠萍开始在人群中有意无意地展示自己的"难处"。在与同事聚餐时，惠萍装作无意地诉苦道，这个月由于身体不适，业绩一直没有提高。在与领导同行时，惠萍有意无意地透露自己下个月的业绩即将迎来爆发，而这个月业绩低迷只是因为自己在谋划几个大项目……

然而，事情并不如惠萍所愿。她四处讲自己的难处本来是想获得同事和领导的“理解”，对她的业绩低迷表示同情。可是，办公室里大家都对她议论纷纷，就连部门领导也开始额外注意惠萍的一言一行。

后来，部门领导偶然间发现了惠萍想要跳槽的苗头，于是马上收回了她手头上的大客户，并且将其分发给部门的其他员工。当惠萍看到自己弄巧成拙时，欲哭无泪。

欲盖弥彰，过多的语言很容易出卖你内心的想法。毕竟我们身边每一个人都有着独特的思考能力。很多时候，我们以为自己巧舌如簧，能够骗过所有人，然而，这些在别人眼中不过是一种公开自己秘密的“迂回手段”。

谁都有不愿公开的秘密。如果我们总是用语言来掩盖内心的秘密，那么总会让人有一种“此地无银三百两”的感觉。与其如此，我们还不如以沉默来守护心中的秘密，不让语言泄露我们的秘密。毕竟将秘密藏在心中才是守护秘密的最好方法。

05 眼睛会体现你的性格

▶ 为了获得比较耸动的画面，这些人的眼睛就像蛇一般四处扫视。

——《恶意》

众所周知，东野圭吾的小说能够大获成功，与他在作品中对人物的描写以及人性的刻画有着极大的关系。在小说《恶意》中有这么一句话：为了获得比较耸动的画面，这些人的眼睛就像蛇一般四处扫视。

这句话是描写记者在采访时的神情。在作家日高被谋杀以后，日高的妻子理惠以及好友野野口修遭到了记者的围堵。让野野口修特别感到烦恼的是，围在他身边的大多数记者并不关心事情的真相，只是为了电视台的收视率而采访，甚至为此而主动制造轰动性的舆论和新闻。

在野野口修看来，这些记者总是打着“关心事态走向”的旗号去采访当事人，甚至不惜打破当事人正常的生活习惯。在采访过程中，他们总是扫视着四周，以避免错过一些突发性的事情——这样的眼神让野野口修对他们感到十分的厌烦。

不得不承认，东野圭吾利用这短短的一句话，就将记者的性格特征暴露无遗。更重要的是，通过这句人物描写，野野口修对细节的观察能力也跃然纸上。如此看来，东野圭吾的作品之所以吸引了无数的读者，其中他在作品中给读者带来的强烈的代入感可以说是功不可没。以这句话为例，通过眼睛去观察他人的性格与想法，这种情况在生活中比比皆是。

比如，当我们跟他人交谈时，他人的目光一直落在自己身上，我们便能够很清晰地知道对方正在认真地聆听我们的谈话。当我们看到他人的目光闪烁不定时，那么我们也许应该考虑尽快地结束话题，毕竟对方已经流露出了不耐烦的情绪。

如果细心观察，我们不仅可以从目光中读懂对方的一些想法，甚至还能发现他人的谎言。比如，美国心理学家大卫·利伯曼曾经在著作中分享过目光与谎言之间的关系：**当大脑在回忆真实的事情时，人们的目光会先朝上看，随后再向左移动；当撒谎的时候，人们的眼球运动方向恰恰相反，会先向上看，再向右转动。**

在生活中，我们也可以通过目光来了解一个人的性格与心态。叶峰是一家小企业的业务员。在进行商务洽谈时，他总是喜欢夸大其词，吹嘘公司的产品质量有多么好，以此来提高签单的概率。有一次，他到一家外资公司进行洽谈。叶峰一如既往地吹嘘自家产品有多么好。在谈话时，叶峰看到对方的目光从最初的充满期待渐渐地变成了厌烦。最终这家外资公司的采购部负责人在深思熟虑后，拒绝了与叶峰的合作。

采购部负责人之所以拒绝叶峰的推销，主要原因是双方洽谈时，叶峰的目光游离，像在脑子里算计什么。这让采购部负责人对他的第一印象大打折扣。最后该外贸公司与另一家实力更弱的企业达成了合作。

叶峰也许想不明白，为什么别人会拒绝他的产品。其实，这完全要归咎于他喜欢夸夸其谈的坏习惯。要知道，**当一个人夸大其词时，他的眼睛里往往会透露出一些异样的神情。**这很容易被细心的人发现。试想一下，如果叶峰在一开始就能够正视自己的产品，以真挚的态度去谈合作，也许早就签下了订单。

我们的目光在与他人交流时能够起到传递信息的重要作用。坚定真挚的目光，能够让我们在与他人交流和洽谈中事半功倍。孩子之所以惹人喜爱，往往就在于他们那干净清澈的大眼睛。伴随着年龄的日渐增长，我们的目光中开始夹杂着太多的情绪与欲望。尤其是在某些场合中，那异样的眼神会出卖我们的想法与欲望，并且会将他人对我们的印象无限放大。

所以无论是职场还是生活，待人真诚都是我们为人处世最基本的底线，不要妄想欺骗别人，美化自己。眼睛是心灵的窗户。我们的所思所想和性格都会通过眼神暴露给公众，在人们心中留下印象。

不要妄想耍小聪明。我们可以编出最真实的谎言，能够制造出最精良的伪证，却无法伪装自己的眼神。**毕竟眼神始终代表着我们心中最真实的想法。**

06 | 不良居心会栖息在闪烁不定的目光里

白天和黑夜的景色大不相同，好几家商店在营业，路上的行人也很多。商店老板和路人的眼睛都炯炯有神，当然，并不纯粹是活力十足，而是仿佛有不良居心栖息在闪烁不定的目光里，要是有人一时大意，便要乘虚而入，占一顿便宜。看来秋吉的形容是正确的。

——《白夜行》

有时候，我们每个人的心里都有着跟外表看上去不一样的想法。有的人看上去总是笑脸迎人，可实际上却是绵里藏针；有的人看上去尖酸刻薄，但实际上内心热情善良……也许在这个社会上知人知面不知心正是让我们最感到恐惧的。

《白夜行》之所以让人感到不寒而栗，主要是因为雪穗与桐原亮司的身份。在白天，他们是普通的少妇跟男人，然而，在那些黑暗的角落中，他们却成为从未失手的犯罪专家。

尤其是雪穗身边的人，当得知让自己受尽折磨的元凶竟然是平日跟自己有说有笑的雪穗时，她们难免也会如雪穗一样，对这个世界感到了深深的绝望。黑暗对于我们每个人而言并不可怕。可怕的是在白天里，有一股恶意的黑暗在伴随着我们，并且不知道什么时候我们就会被黑暗侵蚀。那才是我们生活中最可怕的一面。

东野圭吾在作品中也经常渲染这种让人感到不寒而栗的情景。我们来看看从《白夜行》中截取的一段场景描写："白天和黑夜的景色大不相同，好几家商店在营业，路上的行人也很多。商店老板和路人的眼睛都炯炯有神，当然，并不纯粹是活力十足，而是仿佛有不良居心栖息在闪烁不定的目光里，要是有人一时大意，便要乘虚而入，占一顿便宜。看来秋吉的形容是正确的。"

面对那些白天里的黑暗，东野圭吾通过这一段话给了我们一个答案：也许我们能够从他人闪烁不定的目光里看到他们的不良居心。

都说眼睛是心灵的窗户，每一个人的眼睛里都或多或少地流露出了他们内心最真实的想法。有时候，我们可以从他人的眼中看到一些跟现实不符的端倪，从而避免陷入他人处心积虑布下的陷阱。

最近洪总的公司出了一点儿问题。由于供应商的倒闭让他们的产品供应链完全断裂。而不巧的是，洪总正在谈一宗大生意，眼看就要达成合作了，突然出现的供应商问题让洪总感到了一种无力感。

眼前这宗生意要黄了，洪总立即让公司的所有员工都想办法去接洽新的供应商，然后自己则装作若无其事的样子与对方继续洽谈。洪总想先与客户签下合同再做打算。

洪总由于供应商定不下来，心里没底，因此与客户谈合作时变得心不在焉。对于那些在正常情况下可以明确答复的问题，洪总却由于条件限制，只能闪烁其词，顾左右而言他。这一切都被客户看在眼里。尤其是洪总那闪烁不定的目光，让客户感到洪总肯定隐瞒了什么。因而客户立马找借口推迟合作，然后对洪总的公司进行调查，终于发现了他们供应链断裂的事实。

也许洪总怎么也不明白，明明就要到手的单子为什么会突然丢了？其实问题就出在他的状态上。虽然洪总在洽谈时压抑着内心的不安，故作若无其事，然而对方却从他游离的目光中看出了他在努力掩饰什么。

要知道，目光是从来不会骗人的。当我们失去了底气以后，我们的目光就会变得畏畏缩缩；当我们失去了原则以后，我们的目光也会变得闪烁不定……目光是一个人最真实的内心表现。那些不良居心虽然总是隐藏在我们的内心深处，并且我们认为掩饰得非常好，不会被人发现，但实际上我们内心的任何想法都会从目光中毫无保留地流露出来。

所以真正值得让人信任的朋友总是目光清澈的模样。而且，唯有放弃那些因满足私欲而生的恶意，我们才能够更加清晰地看到这个世界，给他人更多的信心。

07 | 气质可以显示你的生活

▶ 在她身上丝毫找不到那种独自买醉的人所特有的孤独感和寂寥感，她和她的黑衣一道，融进了朦胧照明所营造的薄薄暗影当中。

——《濒死之眼》

《濒死之眼》讲述的是一个普通店员雨村在遭遇车祸后丧失了记忆。然而，对当天的事情一概记不起来的雨村却被指认为车祸的凶手。觉得事情并没有如此简单的雨村开始了一连串的调查。于是，雨村看到了人性中最丑陋的一面。

在这部小说中，东野圭吾将笔锋凝聚在人性的刻画方面，通过一个个不为人关注的细节将整个故事衔接起来。故事里的每一个人物都有着自己的欲望与心理的阴暗面，作者用一幕幕细腻的描写构成了一个充满罪恶与丑陋的故事。

那么，东野圭吾又是如何通过人物刻画将背后的真相一点一滴地推理出来的呢？我们不妨看看书中的这段文字：“在她身上丝毫找不到那种独自买醉的人所特有的孤独感和寂寥感，她和她的黑衣一道，融进了朦胧照明所营造的薄薄暗影当中。”

通过描绘一个人的气质让人物跃然纸上，这是东野圭吾在这部小说里给读者带来的惊喜。通过不同角色身上散发的气质，让读者仿佛置身其中，享受作者给我们带来的关于人性丑恶的盛宴。

不得不承认的是，东野圭吾在作品中所呈现出来的深刻的一面均是源于生活且高于生活。在生活中，我们每个人都有不同的气质与个性，而那些优秀的气质则能够让我们从人群中脱颖而出。

不久前，李琼的公司来了一个新同事小亮。起初李琼对他并没有什么印象。然而，几天后有不少同事跟他聊起了小亮，而且，大家都对他称赞有加。

前两天，大家因为赶项目进度加班到午夜。第二天，每个人都睡眼惺忪地来到办公室，唯独小亮精神抖擞，丝毫没有熬通宵加班的痕迹。而且，每个与他交谈的同事都能从他身上感受到满满的敬业与专注。

后来，大家发现小亮不仅自律，而且工作起来也是心无旁骛。他身上散发出的专业且精致的气质广受同事们的好评。

气质是一个人在生活中展现出来的精神状态，那无形的魅力会通过空气传播到我们每个人的意识中。在人与人的交流中，气质是我们给予他人的第一张名片。它会为我们传递很多的重要信息，比如我们的生活状态以及对待生活的态度。

看上去邋里邋遢的人，生活中往往会遇到一些让人焦头烂额的糟糕状况；看上去优雅得体的人，工作中往往会有足够的耐心来应对各种各样的难题；看上去从容淡定的人，无论是生活还是工作，往往都能娴熟地驾驭……每一种气质的背后，所蕴含的都是我们对待生活的态度。

要想提升我们的气质，也是有规律可循的。我们可以从以下几方面着手训练自己，不断地提升自己的气质。

首先，通过读书提升自己的内在素养。读书能够让我们开阔眼界，并且让我们拥有丰富的学识与独立的思考能力。这对于我们综合能力的提升有着极大的帮助。

其次，多锻炼，注意身体的保养。外形与气质永远都是相辅相成的。通过锻炼，塑造自己良好的体形，能够给他人留下良好的第一印象。同时，我们平日也应该多注意保养，对眼、手、足等部位进行悉心呵护。

再者，培养我们的语言沟通能力。一个人的行为举止体现了他的气质。在与人沟通时，我们应该尊重对方，认真倾听对方的谈话，避免打断别人或是自己滔滔不绝地说个不停。因为说话的语速与谈话的态度都体现了我们的气质。

另外，外在形象要保持精致。没有人愿意与邋遢的人打交道。我们应该懂得挑选适合自己气质和职业的衣服，并且让自己的着装保持一定的品位。

同时，要懂得让自己时刻保持愉悦。这是我们提升自身气质最重要的一部分。如果我们总是一副愁眉苦脸的样子，那么气质自然会大大减分。

气质从来不会骗人，也无法伪装。气质是一个人由内到外散发出的一种独特的人格魅力和精神面貌，也是一个人与他人区分开来的重要特征。它是我们在生活、学习、工作等各方面长时间积累的一种全方面的展现。通过感受一个人的气质，我们完全可以看出他的生活状态以及他对待生活的态度。

所以，即便是一个人时，也要好好地对待自己。毕竟只有热爱生活才能修炼出良好的气质，而气质才是我们最好的名片。

08 | 越唠叨，越代表你在乎

▶ 她常常念叨“都这把岁数了，只想早点解脱算啦”，但这其实正
▷ 说明她对人世还恋恋不舍。

——《怪笑小说》

很多时候，我们为了掩盖自己的想法，对很多事情都会装作毫不在乎。可事实上呢？那些心里头蠢蠢欲动的欲望，在我们的口中都化作了“造作”的唠叨。

在东野圭吾的作品《怪笑小说》中有这么一段：身处不和谐家庭中的老岳母白狐总是念叨着一些什么。比如，在嫌弃饭菜简陋的时候，她会不断地念叨着：“又是酱菜啊，也对，反正都七老八十了，吃酱菜就吃酱菜吧……”在看到丰盛的晚餐时她又会说：“唉，又是这么油腻腻的东西啊。”

白狐的唠叨在家人看来已经习以为常。每一位家庭成员都知道她的拿手好戏便是对事情装作丝毫不在乎，却以唠叨的形式说出来。因而，她总是唠叨“都这把岁数了，只想早点解脱算啦”的时候，大家都知道她心里真正的想法并非如此。与之相反，她对于人生还

是十分的不舍。不知道从什么时候开始，说反话已经成为我们表达自己想法的一种方法。在生活中，我们总会遇到这样的事情：伴侣明明十分在意自己的表现，却装作一副毫不在乎的样子，聊一些其他的事情；明明十分想得到单位晋升的机会，却装作丝毫不在意的模样，然而总是有意无意地提起这件事；明明十分在意考试的成绩，却装作一脸无所谓，甚至很鄙视那些好学生的样子……

其实，我们每个人对于表达自己的想法和意愿都会有一些抗拒。尤其是那些看上去遥不可及的梦想，总会让我们不敢将它说出口来，以免被别人耻笑异想天开。毕竟我们都害怕让他人看到自己失败的模样。因为过于看重他人对我们的评价与自我的尊严，所以**我们总是不愿意说出自己的真实想法，而是装作满不在乎的模样，并期待着别人主动来了解自己。**

布布就是这么一个爱唠叨的人。最近布布所在的单位准备提拔一名储备干部。已经工作好几年的布布也希望利用这次机会让自己的事业更上一层楼。当他准备提交申请表时，发现好几个熟悉的同事也有这样的想法。于是，布布装作满不在乎的模样，对同事说是领导安排让他参与申请的，这不是他的本意所在。

后来，大家都提交申请后，布布为了“避嫌”，总是有意无意地向大家透露自己不愿意参加申请的想法。其实，大家都能看出布布的心口不一，但碍于情面没有揭穿他。让布布意想不到的是他不愿意晋升的说法传到了领导与人力资源部那里，他的晋升梦最终成了泡影。

如果一开始，布布明确地道出自己的想法，也许他还能够有晋升的希望。而他这种遮遮掩掩的做法只会让他看上去更加懦弱。

是的，越懦弱的人越不希望别人知道自己内心的真正想法。因为他们不愿意主动地去争取自己想要的一切，他们害怕说出自己的真实想法后会遭到他人的嘲笑与排斥。事实上，生活中每个人都有自己想要的东西，每个人都在忙于追求自己的价值，并没有多少人会在意你的想法，更没有时间去嘲笑你。

所以我们不必担心别人知道自己所在意的一切，那并不是什么丢脸的事情。哪怕我们没有办法赢得自己想要的结果，但是只要我们努力过，就总会有所收获，总比在唠叨中浪费时间要强许多。未来是需要我们拼命去争取的，一味的唠叨并不会让我们如愿以偿。与其用唠叨的方式去引起他人的注意，奢望他人能够懂得自己的意愿，还不如努力奋斗，去博取一个好的前程。

正如小说里的白狐，与其不断地唠叨自己想要早点儿离世，倒不如好好地保养身体，进行适宜的锻炼，定时进行体检，这比起唠叨更加实在。我们每个人想要追求的东西都必须通过努力才能够获得：想要取得好成绩，那就抓紧一切时间去学习；想要晋升，那就好好地进行自我提升和自我表现；想要追求心仪的对象，那就勇敢地向她表达自己的爱意……毕竟，一味的唠叨只会让人感到厌烦，对于我们实现自己的想法没有丝毫的帮助。

要知道，唠叨只能展示你的软弱，因为你不敢争取自己想要的东西。与其这样，还不如安静下来，为了实现自己的理想而不断努力。这样的你，看上去会更加让人感到敬佩。

09 | 直觉这种东西，是强加于自己对环境的另一种解析

▶ 专案组最近一直笼罩着一股低气压。勇作从警局的玄关进门走上
▷ 楼梯时，感觉局内的气氛和平常迥异，虽然耳边喧嚣依旧，却能从中察觉到一种紧张感，沉寂的空气仿佛突然动了起来。

——《宿命》

有时候，直觉是帮助我们更直观地看待世界的一种方式。但事实上更多的时候直觉却会受到环境的影响，成为误导我们前行的阻碍。

在东野圭吾的作品《宿命》中便有这么一段：命案发生后，警官勇作一直承受着巨大的压力。尤其是当这宗命案涉及他一生的宿敌时，更是给了他极大的压力。

就像上面文字所写的一样，不管勇作走到哪里，都能够感受到与平常不一样的严肃感与紧张感，仿佛在他身边游离的每一丝空气中都存在着诡异。

也许正是这种强加到自己身上的压力，让勇作对身边的环境有

了一种更加深刻的认识。甚至在调查案件时他的神经都始终处于紧绷的状态，以致在做出推测与决定时犯了错误。

其实，在这部被称作东野圭吾创作风格转折点的小说《宿命》中，作者不止一次地通过环境渲染的方式，让故事中的剧情显得更加离奇，同时，也加深了对人物的刻画与表现。

是的，环境能够让一个人看待周围环境的眼光变得深刻，同样，也影响着一个人的直觉。相信每个人都有过这样的情况：当我们看到一家餐厅门可罗雀时，便会觉得这家餐厅的菜品并不十分好；当我们看到身边的人都如此优秀时，我们便自然而然地对未来充满了信心……

很多时候，与其说我们对生活有着强烈的第六感，还不如说那不过是环境给予我们认知上的影响。事实上我们平日所认为的灵光一闪的直觉，大部分都不过是自己对环境的另一种解析罢了。

琳琳近日觉得自己诸事不顺。工作上，她有一个本应该到手的订单，却被客户临时取消。生活中，她与闺密吵了一架，并且互相删除了联系方式。这些突如其来的挫折让她感到生活突然变得十分灰暗。不巧的是，这时她发现交往了七年的男友小航最近跟某个女生走得特别近。于是，琳琳心头泛起了一股不祥的预感。

某天晚上下班回家，琳琳发现小航房间里有其他女生的香水味儿。在工作中刚刚遭受挫折的琳琳突然感到十分的悲伤。她想等小航洗完澡后质问他，为什么要这样对她。

这时一名陌生女子直接推门走了进来。心情糟糕到极点的琳琳正要痛骂这名女子时，小航从洗漱间走了出来，向琳琳介绍：这位是从家乡过来的堂妹小玉。小玉毕业后一直找不到工作，所以伯父让小玉到城里找一份工作，并且让小航好好照顾她。

听了小航的话，琳琳突然很是羞愧。小航老实憨厚，怎么也不会跟出轨扯上关系。但是生活和工作中的挫折以及特定的环境，让琳琳的直觉出了差错。

其实，琳琳的遭遇跟勇作一样，他们都被一些事情困扰着。因而，他们在特定环境的渲染下不断地胡思乱想，从而使得那些偏见影响了他们的正常思考。比如，我们旅游时买了一大堆东西，却发现身边的人一样都没有买。这时我们就会有一种被宰了的感觉。

只是有时候生活并不如我们想象的一样，尤其是当我们心里充斥着各种情绪的时候，我们所依赖的直觉很可能不过是我们潜意识里偏见的伪装。正如著名作家张德芬在作品中写的那样：“亲爱的，外面并没有别人。”我们所看到的也许不过是自己幻想出来的景象，或者是被情绪与直觉“乔装”过的现实。

毕竟我们每个人都习惯用自己的眼光去看待身边的人和事，却不知道很多时候生活中的一些事情其实不过是我们内心的映射而已。

在生活中，我们做事往往跟着直觉走，然而，在很多时候，我们也要学会不依赖直觉。毕竟那也许是我们的潜意识对环境的一种解析罢了。只有不受环境与情绪的影响，客观、理性地看待身边的事物，我们才能够做出更好的决定，走向更远的未来。

图书在版编目（CIP）数据

当我们谈论东野圭吾时，我们在谈论什么 / 彭麦峰著. —北京：文化发展出版社，2019.12

ISBN 978-7-5142-2905-9

Ⅰ. ①当… Ⅱ. ①彭… Ⅲ. ①东野圭吾—小说研究 Ⅳ. ①I313.074

中国版本图书馆CIP数据核字（2019）第263440号

当我们谈论东野圭吾时，我们在谈论什么

著　　者：彭麦峰

责任编辑：孙　烨

封面设计：MM末末美书

版式设计：书情文化

邮　　编：100036

出版发行：文化发展出版社（北京市翠微路2号）

网　　址：www. wenhuafazhan.com

经　　销：各地新华书店

印　　刷：三河市兴达印务有限公司

开　　本：880mm × 1230mm　32开

字　　数：175千字

印　　张：8.5

印　　次：2020年4月第1版　2020年4月第1次印刷

定　　价：49.80元

I S B N ：978-7-5142-2905-9